L'ENFANT DES CAMPS

DU MÊME AUTEUR

Une petite fille privilégiée, Éditions du Cercil-Orléans, 1995 ; L'Harmattan, 1997 ; Pocket, 2001.
Après les camps, la vie, L'Harmattan, 2001.
Souvenirs en marge, L'Harmattan, 2002.
La Photo déchirée et autres poèmes, L'Harmattan, 2003.
Guy s'en va, L'Harmattan, 2005.
Mes derniers récits, nouvelles, L'Harmattan, 2009.
Vous parlerez pour nous, poèmes concentrationnaires, L'Harmattan, 2010.
Avril 1945, Bergen-Belsen libéré, Éditions Fondation pour la Mémoire de la Déportation, 2014.
Le Pêle-Mêle, Dacrès Éditions, 2014.
La Fête inconnue, L'Harmattan, à paraître, 2021.

Au théâtre

Une petite fille privilégiée, Théâtre du Lavoir Moderne Parisien, Paris, 2000 ; Théâtre Le Lucernaire, Paris, 2014.
Guy s'en va, Théâtre de l'Utopie, La Rochelle, 2003.
Une toute petite histoire, Théâtre de l'Utopie, La Rochelle, 2003.

FRANCINE CHRISTOPHE
avec PIERRE MARLIÈRE

L'ENFANT DES CAMPS

BERNARD GRASSET
PARIS

Photo de la bande : extraite du documentaire
39-45 : La guerre des enfants
un film de Julien Johan et Michel Durren
écrit avec la collaboration de Manon Pignot

ISBN 978-2-246-82503-6

Soixante-quinze ans que les survivants, dont je fais partie, ont quitté leur enfer. Je vois que nos rangs s'éclaircissent. Parfois, le flambeau est repris par notre descendance, ce qui nous rend heureux. Ceux de mes camarades qui sont encore là ont, dans l'ensemble, un excellent moral. Si nous n'avons plus que quelques années à vivre, autant qu'elles soient joyeuses, dans notre pays, la France, que nous aimons tant. En dépit de ce que certains esprits chagrins affirment, notre Patrie, je le dis avec force, est un lieu merveilleux.

Je dédie ce petit livre à tous les enfants martyrs,
aussi à ceux que j'ai connus,
et qui ont tant souffert.
À tous ces enfants qu'on a tués,
et qu'on a fait souffrir avant,
À tous ces enfants que des monstres ont assassinés.
En espérant que le monde qui vient comprendra
et respectera les enfants.
De toutes mes forces, je le souhaite.

1.

La France, d'un camp à l'autre

Toute ma vie j'aurai compté sur mes doigts, j'en ai compris la raison il y a peu de temps. Arrêtée, puis déportée à huit ans et demi, je savais mes tables de multiplication jusqu'au « 5 ». À mon retour, j'avais douze ans, mes parents me mirent au collège, en classe de sixième ; tous les autres élèves connaissaient la suite des tables. Pas moi. Elles s'étaient perdues, englouties dans un trou de trois ans et demi. Personne n'y avait songé à l'époque, c'était en 1945, l'Allemagne avait capitulé, on voulait oublier la guerre. Oui, je compte encore sur mes doigts dès que les calculs deviennent un peu compliqués. Quand mes petits-enfants me demandent « Grand-Mère, 9 × 7 ? Grand-Mère, 8 × 7 ? », impossible de répondre sans plier le pouce, l'index ou le majeur. Si j'essaie de me concentrer sur les nombres, de les combiner dans mon esprit, rien ne surgit, la machine tourne dans le vide, les chiffres demeurent silencieux. En revanche, je peux écrire, dire ce qui me reste de mon enfance, ce qui a fait de moi ce que je suis. Une survivante. Ces années perdues, mutilées, je ne les oublierai jamais, bien que, avec le temps, les souvenirs s'éteignent et les images s'estompent.

Aujourd'hui, nous célébrons l'anniversaire de mon arrière-petite-fille. La famille est réunie. Sur la table, le gâteau trône comme une couronne de sucre et de lumière. Sept bougies pour sept années. Un âge unique, comme un pont suspendu entre deux mondes, la petite enfance qui s'achève et l'enfance qui s'éveille à la raison. Je regarde mon arrière-petite-fille sourire devant son gâteau et souffler les flammes. Nous chantons en chœur « Joyeux anniversaire », le temps est à la fête. Je me laisse porter par la douceur du moment, mon esprit vagabonde, s'égare et flotte loin des miens. Alors surgit le souvenir de Paulette. Paulette, mon amie d'enfance, mon amie des camps, qui avait sept ans là-bas, fragile et apeurée, dans notre camp d'Allemagne. Un matin d'hiver, elle se réveilla fiévreuse, tremblante : « Reste là, lui avait dit Maman. Je vais te couvrir de paille, quand on appellera ton nom, je répondrai "Présente" pour toi. » Le kapo entra dans la baraque. Il fit le tour des travées, vit un peu de paille qui bougeait. À coups de gourdin, il jeta Paulette dehors, ne lui laissant pas même le temps de se chausser. C'est pieds nus dans la neige qu'elle termina l'appel avec nous. Paulette a survécu à la déportation et nous sommes restées amies, jusqu'à sa mort.

Mon enfance s'est achevée alors qu'elle avait à peine commencé. C'était un dimanche, le 26 juillet 1942, à la gare de La Rochefoucauld, près d'Angoulême, la ligne de démarcation entre la zone occupée et la zone libre. J'étais assise à côté de Maman dans le train. Dehors, la journée était chaude et les arbres bougeaient doucement, comme bercés par le vent. Nous allions vers le sud, loin de Paris où les nôtres étaient traqués et humiliés, rejoindre mon oncle qui habitait près de Grenoble. Mais sur les quais de la gare, ce jour-là, la *feldgendarmerie* mit un terme à notre fuite et à nos espoirs de liberté. « Ils sont trop nombreux, ce n'est pas normal », m'a murmuré Maman. Je n'ai pas oublié l'impression que me fit la troupe de soldats qui attendait, casquée, en rang serré, le fusil posé sur l'épaule comme une lance. Ils portaient tous de hautes bottes noires, une vareuse vert-de-gris et, à leur cou, au bout d'une chaîne, une plaque de métal ornée d'un aigle. Nous sommes descendues du train, on nous a demandé nos papiers et ça a commencé : emprisonnées, interrogées, internées de camp en camp, de prison en prison. En France. Puis déportées en Allemagne, loin à l'Est, dernière étape d'un voyage qui aurait dû être sans retour. J'allais fêter mon neuvième anniversaire quelques jours plus tard.

À La Rochefoucauld, la *feldgendarmerie* nous conduit à la Kommandantur, une maison isolée, de l'autre côté de la ville, où un drapeau à croix gammée flotte à l'entrée. Ils vont contrôler nos identités. Au visage de Maman, creusé par la crainte et l'appréhension, je comprends que ce qui est en train de se passer est grave. Nous sommes isolées et séparées, Maman dans une pièce, moi dans une autre. Un soldat allemand me fait face, il semble si grand dans son uniforme. Il tient en laisse un énorme chien qui grogne et montre les crocs. Je suis terrifiée, je tremble, je serre ma robe très fort pour ne pas pleurer. L'interrogatoire commence. J'entends Maman derrière la cloison qui crie : « Non ! je ne suis pas juive ! » Puis vient mon tour. Les papiers que leur a donnés Maman ne les convainquent pas, ils m'insultent, vocifèrent : « Avoue que tu es juive, petite saloperie ! » Je ne sais pas où je trouve le courage de leur résister, mais je tiens bon, à chacune de leurs injonctions je réponds non. Ils n'ont aucune preuve, rien ne nous distingue des autres passagers. Nous avions pris soin de nous débarrasser de notre étoile jaune et de nos vrais papiers, ceux où était tamponné en rouge vif le mot fatal : *Juif*. Avec nos fausses identités et nos allures de voyageuses, nous étions comme tout le monde. Nous avions même renoncé à prendre des valises, pour ne pas éveiller les soupçons. Mais Maman finit par céder, dans la pièce à côté, à la menace de nous séparer si elle n'avouait pas. Après l'interrogatoire, on nous emmène à la Halle aux grains.

Un édifice ancien, en pierre, percé d'une travée en arcades au rez-de-chaussée. Le premier étage, qui servait de salle des fêtes et de théâtre, a été reconverti en prison. C'est là qu'on nous installe, sur un seul lit de camp, serré entre deux autres. En entrant, je pleure, j'ai eu trop peur, dans le train et à la Kommandantur. Les passagers arrêtés avec nous m'entourent, chantent, m'embrassent pour me réconforter. À côté de moi, Maman lâche un discret soupir, où je perçois comme un soulagement. Plus besoin de se cacher, de courir, d'être sur nos gardes. C'est fini, que peut-on nous infliger d'autre ?

Notre ration quotidienne est assurée par les bonnes sœurs du couvent qui fait face à la Halle aux grains. Depuis notre prison, on n'aperçoit ni le cloître ni la chapelle. Sans doute la cloche sonne-t-elle les heures et les prières, mais je ne m'en rends pas compte. Tout me semble irréel. Je passe mes journées à jouer avec les quelques accessoires de scène qui traînent dans les recoins de la salle. Deux gendarmes nous surveillent. Maman, qui a pu conserver un peu d'argent, demande à l'un d'eux s'il peut acheter pour moi des granulés de vitamines et deux serviettes, puisqu'elle n'a que son sac à main. Le gendarme revient avec les granulés et deux serviettes brodées à son chiffre : « Madame, le magasin était fermé, tenez… » À l'époque, les femmes brodaient toujours leur trousseau de mariage, même le linge de toilette. Pendant des mois, nous avons utilisé les deux serviettes offertes par le jeune gendarme et sa femme. Un cadeau inestimable. Au matin du quatrième jour, on nous annonce qu'il faut partir, un autocar nous attend en bas. Une des sœurs m'offre deux œufs durs. Privées de tickets de rationnement, nous n'y avions pas droit.

La Halle aux grains existe toujours, elle a été transformée en médiathèque. Un lieu souriant où les petits découvrent le pouvoir des mots et la magie des contes. Une revanche sur ce qu'il fut, une prison de fortune où l'on enfermait des enfants, au motif qu'ils étaient juifs. Difficile aujourd'hui d'en réaliser la portée historique, d'imaginer que ces événements ont bien eu lieu, alors que notre société a fait de l'enfant l'être sacré par excellence. Mais la guerre nous tient, nous, les rescapés, les survivants. Elle n'a jamais voulu nous lâcher. Elle s'est installée en nous, laissant dans son sillage une mémoire douloureuse, des lieux et des noms qui ont pour nous une couleur différente, teintés de tragique et de souffrance. On dit que le temps guérit toutes les blessures, qu'un jour ou l'autre, on finit par oublier. Ce n'est pas vrai, certaines plaies ne cicatrisent jamais. Je suis et resterai marquée par ce que j'ai vécu. Rien ne pourra panser le passé qui fut le mien. Souvent ce passé me rappelle à lui, au détour d'un chemin, à la lecture d'un article de journal, si j'écoute la radio ou regarde la télévision. Il guette le moment opportun, surgit lorsqu'une faille se présente, comme à l'occasion de ce dîner chez des amis où la conversation roula sur la bande dessinée et Angoulême, dont la ville abrite un célèbre festival. « Angoulême, mais je connais, me suis-je exclamée, j'y étais en prison ! » Angoulême et sa prison étaient la destination des cars qui nous attendaient à La Rochefoucauld. « On m'a mise en cellule. Nous étions dix dans un espace qui ne pouvait en accueillir que deux. » Je sentis aussitôt un froid s'installer autour de la table. Mes amis me regardaient, interdits, ne sachant quoi répondre. Je ne comprenais pas leur réaction et je poursuivais : la gamelle qu'on passe par le judas de la porte, le bébé de dix mois qui pleure parce que sa mère n'a plus de lait, la toilette dans la cour, gardée par des gendarmes, l'appel, la promenade en rangs. « Mais enfin, Francine, vous avez été emprisonnée à Angoulême ? Ce n'est pas possible ! » C'était en 1942. À cette époque-là, si, c'était possible… Je me souviens encore du vieux pénitencier, ses hauts murs qui occultent le ciel et la grande porte massive qui verrouille l'entrée. À notre arrivée, la surveillante regarde d'un sale œil le troupeau de femmes et d'enfants que nous formons. Elle prend nos mères pour des prostituées. Ce n'est que lorsqu'elle apprend la raison de notre incarcération que l'expression de son visage change. Elle s'adoucit, devient attentive à nos misères. Déjà la faim nous tenaille – la soupe qu'on nous sert est maigre – mais avoir la gardienne de notre côté allège un peu nos peines.

Maman, après notre arrestation, m'avait répété : « Dis et redis que Papa est prisonnier de guerre, cela peut te sauver la vie. » Il existe des traités de droits internationaux, les Conventions de Genève, qui établissent les règles de conduite à adopter en cas de conflit armé, notamment en ce qui concerne les civils et les blessés. Une de ces Conventions, celle de 1929, signée aussi par l'Allemagne, concerne plus particulièrement les prisonniers de guerre et leur famille. Le prisonnier doit être « préservé », en *Stalag* pour les hommes de troupe, en *Oflag* pour les officiers. Emprisonné, certes, car il n'y a pas de guerre sans prisonniers, mais nourri, logé, soigné… même si la réalité nue est souvent très éloignée de la lettre du Droit. Maman et moi – femme et fille de prisonnier de guerre – bénéficions d'une clause spéciale : nous devons être maintenues en France et protégées de la déportation. Mon père, comme plus d'un million et demi de soldats français, avait été capturé lors de la débâcle qui fit de nous, en 1940, un peuple vaincu. Il fut envoyé en *Oflag,* d'abord à Nuremberg, puis à Edelbach, en Autriche.

Mon père était bel homme. Un mètre quatre-vingts, les cheveux bruns, les yeux sombres, le port altier, l'élégance même. Jamais habillé en sport : c'était une époque où les hommes portaient encore le costume trois-pièces. Un homme bon, mon père, mais d'un caractère épouvantable. Il était colérique, s'emportant pour une broutille, les murs en tremblaient. À Paris, sa colère résonnait jusqu'au 7e étage de notre immeuble de la rue Cardinet, dans le XVIIe arrondissement. En contrepoint, il pouvait se montrer charmeur, fantaisiste et terriblement drôle. Il savait les mots justes, les mots qui trouvent le chemin des sourires. Il pratiquait l'autodérision, surtout avec son nez qu'il avait long et aquilin. Je me souviens d'un dîner chez mes parents où une amie a dit, hilare : « Robert, ça suffit avec votre nez, vous l'avez encore posé sur la table. »

Surtout, Papa chantait admirablement. Une voix de basse, intense, grave, qui venait de très loin. Souvent, le soir, son frère nous rejoignait à l'appartement, nous tirions les tables, les chaises, et nous chantions tous ensemble. Mon plus beau souvenir d'avant-guerre tient sur une partition : Maman au piano, son mari d'un côté, de l'autre son beau-frère, et tous chantant les airs à la mode et ceux du célèbre film *Le Chanteur de jazz*. C'était à la fin des années 1930. Daladier était l'« homme de Munich ». Avec

Chamberlain – et Mussolini dans le rôle d'intermédiaire – ils avaient « sauvé » la paix, dans la honte, et scellé le destin de l'Europe. Deux ans plus tard, la France tombait aux mains des nazis.

Je connaissais déjà l'éloignement, puisque Papa était prisonnier. Je connaissais déjà le froid, puisque les hivers de guerre furent de glace. Je connaissais déjà la faim, puisque Maman devait ramasser sur les marchés – elle n'avait pas encore touché la « délégation de solde » promise à toute femme de prisonnier – des trognons de choux et des fruits avariés. Je connaissais déjà la peur, puisque je la voyais sur le visage des gens, au passage de ces hommes armés, vêtus de vert-de-gris, qui nous barraient les rues et criaient si fort des ordres incompréhensibles. Ce n'était qu'un début. Je ne savais pas encore que l'éloignement serait le mien, que le froid serait si intense, que la faim ferait si mal, que la mort serait partout et que la peur ne me quitterait plus.

Après Angoulême, ma vie d'enfant ne fut qu'un long cauchemar, traversé çà et là par de rares éclaircies. D'abord il y eut Poitiers, mon premier camp, celui qu'on nomme le « camp de la route de Limoges ». Sur la route qui traverse le Poitou-Charentes, notre autocar accroche une voiture. Rien de sérieux, une éraflure tout au plus, mais le temps passé à remplir les formulaires d'usage, les fermiers des alentours, sans doute alertés par le bruit, viennent à notre rencontre. Ils offrent des tartines beurrées aux enfants, du lait aux tout-petits, des cigarettes aux hommes. Les femmes qui ont encore des tickets de rationnement obtiennent d'eux quelques carrés de beurre. De menues denrées qui valent pour nous de l'or. Puis nous repartons, l'autocar ne s'arrêtera plus. Enfin le camp de Poitiers, si sale, si triste, si plein de vermine. D'un côté les Juifs, de l'autre les tsiganes, par familles entières, et pour nous séparer, des barbelés. Pas de mélange. De l'autre côté des clôtures, les plus jeunes tsiganes, affamés, nous crient : « Des p'tits sous ! si vous plaît ! des p'tits sous ! », les mères essayent de les tenir, de les calmer. La mienne, je ne la quitte jamais, même quand elle se rend aux latrines, ces cabines de bois nauséabondes où les vers grouillent. J'ai trop peur de la perdre. Le soir, nous dormons à même le sol, sur de la paille souillée. La soupe est claire, inconsistante. Au fond de la bassine, un jour, on découvre un rat mort. Les rats, le camp en est envahi, je les vois courir et se glisser entre les baraques. C'est répugnant. Les jours passent et les nuits sont courtes, difficile de trouver le sommeil quand on entend gratter dans l'obscurité. Puis un matin, l'ordre tombe. Il faut se préparer. À minuit, on nous conduit à la gare. Pourquoi de nuit ? Pourquoi si tard ? Nous l'ignorions à l'époque, je l'ai su des années après mais, dix jours plus tôt, des habitants de Poitiers étaient descendus sur les rails pour empêcher le départ du train. En signe de résistance. J'aurais tant aimé leur dire merci pour leur courage. Les Allemands, pour éviter une autre déconvenue, ont reporté la date du départ. Ils ont attendu que la ville dorme profondément pour nous embarquer, de nuit, dans un train à bestiaux.

Quand nous montons dans le wagon, je suis prise d'un haut-le-cœur. L'air y est âcre. À chaque respiration, je sens ma gorge s'irriter et mon nez piquer, à cause des rejets acides laissés par les animaux qui nous ont précédés. Dit-on à un animal où on le conduit ? Bien sûr que non. Nous ne savons pas non plus où l'on nous mène, juste que si on ne grimpe pas assez vite, on nous flanquera des coups de crosse. Les portes sont verrouillées, les volets rabattus et plombés. Il fait noir et l'angoisse monte. Le train part. Le « voyage » – et je mesure l'extrême bizarrerie qu'il y a à employer ce mot, il faudrait inventer un vocabulaire spécifique pour le raconter, des mots uniques qui ne seraient employés qu'à cet effet. Lorsqu'on dépasse un certain seuil dans l'intolérable, le langage et le réel s'effondrent ensemble –, le voyage, donc, n'est qu'une succession d'épreuves. Entassés les uns sur les autres, il n'y a pas la place d'étendre ses jambes, alors je me recroqueville comme je peux. Le manque de suspension fatigue, sans compter le frottement des roues sur les rails, le métal qui hurle. L'air se fait rare, j'étouffe, ma langue se dessèche.

Dans ces convois, la soif était parfois si intense qu'il arrivait que des malheureux passent leur langue sur les parois du wagon, parce que la condensation y avait formé des gouttes. J'ai connu des déportés qui se léchaient le dos les uns les autres, pour la même raison, ou collaient leur bouche sur le moindre interstice, entre deux planches de parois ou au sol, pour essayer de respirer. Le bidon glissé devant la porte – seule concession laissée à notre condition d'êtres encore humains – va très vite déborder, se répandre sur le sol, nous pataugeons dans les excréments. Il n'y a rien à boire, rien à manger. Ces « voyages » peuvent durer plusieurs jours, plusieurs nuits. Certains vomissent, font sous eux. Les morts ne sont enlevés qu'à l'arrivée du train, dont il faut descendre le plus vite possible, sous les coups. Aveuglés par la brusque lumière à l'ouverture des portes. Certains ont perdu leurs chaussures, leur sac, leur pantalon : c'est arrivé. Deux heures après le départ d'un train, ses occupants sont déjà méconnaissables, tout se défait très vite.

Nous sommes en 2010, je suis confortablement assise dans un TGV, mon mari à mes côtés, de retour d'un témoignage à Valbonne. Nous roulons depuis une heure, j'observe de ma fenêtre le paysage défiler, les routes qui serpentent entre les villages et les champs, les parcelles qui s'étalent à perte de vue et donnent à la campagne cette allure de damier irrégulier, où l'herbe verte côtoie l'or brun du chaume avec, au loin, les Alpes qui découpent le ciel. Le train s'arrête brutalement, au milieu de nulle part. Il règne un profond silence dans le wagon. La peur monte en moi, elle me prend, m'aspire vers mon enfance. Je ne suis plus dans un TGV mais dans un train à bestiaux, ne sachant où l'on me mène. Tout me revient. Je sursaute lorsque le chef de train annonce : « Ne descendez pas, nous allons repartir. » C'est à de petits détails comme celui-là que l'on comprend. Non, je ne suis pas guérie, je ne le serai jamais.

Drancy n'est pas une ville de banlieue comme les autres, c'est avant tout un camp. Pour la fillette qui y entrait après celui de Poitiers, Drancy ne pouvait être qu'un camp. C'est resté dans ma tête. À côté du camp de la route de Limoges, Drancy a l'air d'une forteresse. Les longs immeubles rectangulaires qui enferment la cour centrale comme des remparts, percés de mille fenêtres, les cinq tours qui surplombent l'enceinte, si hautes, si inquiétantes ; et les barbelés, partout, qui poussent comme des ronces et quadrillent l'espace. Une forteresse de fer et de béton.

Quand j'y entre, en août 1942, Drancy n'est pas encore le camp modèle voulu plus tard par les Allemands pour servir de façade et tromper l'opinion publique sur le sort des internés. C'est sale, le sol est couvert de mâchefer, sorte de résidu poussiéreux craché par l'industrie. Quand nous traversons la cour, bien en rang derrière le surveillant, des tourbillons de particules noires se forment sous nos pas. Nous en sommes couvertes. Je ne suis pas en âge de travailler mais Maman va aux « pluches ». Des heures durant, elle s'use les mains à éplucher des légumes. Le soir venu, nous dormons sur des matelas défoncés, posés à même le sol dans des salles nues. Les vitres des fenêtres sont couvertes de peinture qui occulte la lumière. Je me revois grattant la matière avec mon ongle, traçant sur le verre de petits sillons à travers lesquels je peux apercevoir ce qui se passe dehors. Il y a aussi cette curieuse baraque de briques qui sert de toilettes. Nous l'appelons le « château », une manière de s'approprier les lieux, de les rendre moins hostiles, plus poétiques en un sens. J'ai dû fêter mes neuf ans là-bas, rien ne m'est resté de cet « événement » pourtant si important pour les enfants. Je me souviens seulement de Maman écrivant une lettre à ma grand-mère pour lui dire que je ne suis pas très « sage » et de poursuivre : « Je ne peux même pas la punir, ni la priver de dessert, parce qu'ici il n'y a pas de dessert. »

Les gendarmes sont des brutes. Ils frappent, cognent, pas un jour ne passe sans que les coups pleuvent. Leur chef est le pire ; à lui seul, il tape comme trois ou quatre. En fermant les yeux, il me semble que je le vois encore, la main toujours serrant la matraque. Nos gardiens vivent pourtant à deux pas de nous, avec leur famille, dans les grandes tours qui dominent le camp. Que se passe-t-il dans leur tête, le soir, alors qu'ils ont tant frappé et qu'ils retrouvent leur foyer ? Et hors du camp, dans les quelques maisons de banlieue qui s'élèvent non loin ? Y a-t-il des gens pour voir ce qui se passe sous leurs yeux ? De ce premier passage à Drancy, je garde la mémoire de la peur qui était la mienne, la peur d'être séparée de Maman, comme tous ces enfants seuls, désemparés, que je voyais arriver puis qui disparaissaient, remplacés par d'autres. J'avais peur de finir comme eux.

Deux souvenirs de cette époque me reviennent, comme deux photos gravées dans mon esprit : des enfants, crasseux et blessés, entassés dans un cercle de barbelés ; et un vieil homme qui se taille les ongles au couteau.

Nous faisons partie, disait souvent ma mère, des Français de confession israélite. Même si nous ne pratiquons pas. *Laïcs*, dirait-on dans la langue d'aujourd'hui. Il me faut revenir brièvement sur mes origines. Elles sont directement liées aux souffrances que j'ai subies pendant mon enfance, et après. Car c'est bien au nom de mon ascendance que j'ai été arrêtée et déportée. Juive – même si je lui préfère le nom d'Israélite qui était celui de mon enfance – je le suis par mes deux parents. Lorsque j'étais petite, le mot *Juif* était une insulte puisqu'il s'accompagnait de « sale ». Un sale Juif. Dur à entendre pour une enfant. Pourtant, l'Allemagne nazie nous a obligés à porter ce mot sur l'étoile jaune.

Hitler n'a pas inventé l'antisémitisme, il lui a donné sa forme la plus monstrueuse. Des lois raciales et discriminatoires envers les Juifs avaient déjà été édictées par le passé. Comme la rouelle, dans le Moyen Âge chrétien, cette pièce d'étoffe en forme de cercle dont le port ostensible était imposé aux Juifs, signe distinctif et reconnaissable par tous. Jaune bien sûr, pour rappeler la couleur de la toge du premier d'entre les traîtres, Judas, et pour le cercle un souvenir des trente deniers : l'argent, toujours. Même si, sous l'impulsion de Louis XVI et de l'abbé Grégoire – philanthrope sublime qui se dressa contre l'esclavage et se battit pour l'émancipation du genre humain –, les conditions s'améliorent pour les Français de cette confession, nombre d'entre eux ne sont pas encore, à la fin du XVIIIe siècle, des sujets de droit. C'est Napoléon, autant par clairvoyance politique que par laïcisme révolutionnaire, qui nous donne, avec son décret de 1806, notre citoyenneté pleine et entière : « Ils seront israélites dans leurs temples, mais à l'extérieur, on ne doit pas les différencier d'un catholique ou d'un protestant. »

Depuis cette date, nous avons les mêmes droits et les mêmes devoirs que n'importe quel autre citoyen français. Notre patriotisme fut évident, enthousiaste, immense. Nous l'avons montré durant la Grande Guerre. Et pendant celle de 39-45. Après l'armistice signé par Pétain, très vite, les commerçants israélites ont eu obligation de placarder JUIF sur leurs vitrines alors on a vu apparaître sur ces mêmes vitrines médailles, décorations et états de service des propriétaires ou de leur famille. À Paris, en face de la boutique de ma grand-mère, je me souviens encore, sur la vitrine d'un joaillier, des médailles récompensant les actes de bravoure de 14-18. Elles étaient si nombreuses que la police française a fait tout retirer. Pendant l'Occupation, tant des nôtres sont entrés dans la Résistance ou la France Libre, jusqu'à donner leur vie. C'est le cas de ma famille. Sans compter mon père, fait prisonnier, et qui résiste dans son camp. Mon grand-oncle Arnaud Nordmann perdit ses deux fils ; mon cousin Dreyfus se vit aussi privé de ses garçons. Furent fusillés l'oncle Alfred Weil, les cousins Albert Christophe et Raymond Bloch. Ma grand-mère, elle, avait perdu ses trois frères lors de l'hécatombe de 14-18. Maman me racontait qu'après la Grande Guerre, on croisait souvent dans la rue des mutilés, des gueules cassées. Généralement, les mères faisaient se détourner leurs enfants. Mais ma grand-mère disait à ma mère, pourtant âgée de douze ans à l'époque : « Regarde-les, Marcelle, c'est en servant la Patrie qu'ils sont devenus ces monstres. »

En 1942, à Paris, ma grand-mère porte son étoile jaune, elle fait partie d'un réseau de Résistance chargé de recueillir les aviateurs alliés qui ont dû sauter en parachute, leur avion ayant été touché par la DCA, la défense antiaérienne. Mon père, son gendre, est prisonnier de guerre, sa fille et sa petite-fille sont déportées. Patriotisme encore, dans son testament, daté du 10 octobre 1942, lorsqu'elle écrit : « *Les temps que nous vivons actuellement sont si terrifiants que je crains d'être la victime du mouvement homicide qui satisfait les instincts de nos ennemis et de ceux qui ne veulent pas penser. Si mon sacrifice et celui de mes pareils doit amener, après cette crise terrifiante, une ère de bonheur pour notre chère France, alors je ne regrette rien. Que mes chers enfants, s'ils ne sont pas victimes de cette époque atroce, fassent toujours leur devoir et restent les fidèles enfants de notre pays bien-aimé.* » Ce sont ces « Juifs », fidèles à leur nation, que Vichy livra aux Allemands.

Nous ne restons pas longtemps à Drancy. On nous envoie ailleurs. Direction le Loiret et ses forêts aux lisières brumeuses. Nous échouons au camp de Pithiviers. Un camp de transit. Nous y demeurons quelques semaines ; c'est déjà trop. Presque toutes les personnes que j'ai connues là-bas ont fini dans les chambres à gaz d'Auschwitz. À Pithiviers on parle, on vit, on respire, on dort avec une seule et même angoisse : la déportation. Elle occupe toutes les pensées. Le camp tout entier porte sa marque. Des gens traqués dans les allées du camp, d'autres qui tentent de se cacher, ceux qu'on pousse en direction des trains, des jeunes, des vieux, des bébés, parmi les valises éventrées, les coups et les cris. Les gendarmes sont sans pitié, leur regard indifférent : seul compte le « boulot » qui doit être exécuté. Grimper dans les wagons. Vite. Toujours plus vite. Ceux qui n'y parviennent pas, parce que la marche est trop haute – les enfants et les vieillards –, on les prend par les bras et les pieds puis on les jette à l'intérieur. Les départs se succèdent. Chaque jour, nous tremblons d'entendre nos noms sur la liste des partants. Je me rappelle Maman et moi, assises sur la paille, anéanties, parce que mon nom et mon prénom, par erreur, figuraient le matin sur la liste et pas les siens. Protégées par la Convention de Genève en qualité de femme et fille de prisonnier de guerre, nous ne sommes pas censées être déportées. Il faut agir vite, le temps est compté, trouver un gardien et le convaincre que c'est une erreur avant que je ne passe aux fouilles. Après il est trop tard, il n'y a plus de retour en arrière possible, on fait partie des malheureux évacués vers les wagons à bestiaux. À mon arrivée à Pithiviers, j'avais cueilli dans l'herbe un trèfle à quatre feuilles, était-ce un signe ? Maman a réussi ce jour-là, je ne suis pas partie. Nous avions échappé au pire. Madelon, une femme du camp avec laquelle Maman s'était liée – son mari, comme mon père, était prisonnier de guerre –, n'eut pas cette chance. Je la revois, au milieu des fleurs, pleurer de désespoir parce que sa sœur et ses neveux étaient partis. Mais pas elle. Mon trèfle existe toujours, je l'ai gardé précieusement pendant toutes ces années. Aujourd'hui, il repose au mémorial de la Shoah.

La séparation était notre hantise. Je sais que je n'aurais jamais survécu sans Maman. Elle était tout pour moi, tout ce qui me restait dans ce monde de haine. Et j'étais tout pour elle. C'est son amour et sa volonté qui m'ont permis de tenir, de ne pas renoncer, même aux heures les plus noires. Maman était quelqu'un de profondément bon et juste. La déportation n'a pas changé ces qualités. Même après Bergen-Belsen, à notre retour en France, elle est restée celle qu'elle était. Une femme généreuse. Raffinée aussi, elle avait le goût des mots et le sens de leur valeur. À la maison, tous les livres étaient reliés et soigneusement rangés. Après la mort de Maman, j'ai pris un livre au hasard dans sa bibliothèque. Il portait une dédicace qui lui était destinée : « *À Mademoiselle Marcelle Nordmann, j'offre cette brassée d'herbes des champs et des bois, en regrettant de ne pouvoir la transformer en une odorante gerbe de fleurs, seul hommage digne de son merveilleux talent.* » C'était tout à fait elle.

Maman était pianiste, partout où elle allait, elle savait se rendre agréable et se faire aimer. Une mère est toujours un peu divine pour son enfant et s'il m'est arrivé de me révolter contre elle, de la détester quand la faim me trouait le ventre, que les gens mouraient par dizaines autour de nous, je n'ai jamais cessé de l'aimer.

Nous finissons par quitter le camp de Pithiviers trois semaines plus tard, pour un autre, en train à bestiaux, encore. Le trajet, heureusement, ne dure pas. On nous débarque en gare de Beaune-la-Rolande, à une vingtaine de kilomètres. Beaune-la-Rolande, sans aucun doute le camp où j'ai été la « plus heureuse », malgré l'enfermement, malgré la promiscuité, malgré les barbelés et les miradors.

Le camp est grand et bien tenu, la végétation n'a pas encore déserté les lieux, il y a des pissenlits, avec leurs feuilles pointues qui poussent derrière les latrines. Mais surtout et contre toute attente, nous sommes traités avec égard et gentillesse. Qu'ils sont affables et bons les douaniers qui nous gardent, avec leur accent chantant du Sud-Ouest. Les ordres viennent d'en haut, mais on voit bien qu'ils ne l'aiment pas ce travail, qu'ils le font à contrecœur ; ils n'ont pas été formés pour surveiller des êtres humains comme s'il s'agissait d'animaux. Nous en ressentons l'effet jusque dans notre régime disciplinaire. Moins brutal, plus humain. Je n'oublie pas ce douanier qui vint, de nuit, déposer des pommes devant ma paillasse ; cet autre nous montrant, à nous, les enfants du camp, des photos de sa famille. Quand nous traînons les pieds pour aller à l'appel, les douaniers se taisent et font mine de ne rien voir. Nous avons droit aussi à quelques lettres, quelques colis. Mademoiselle Monod et Mademoiselle Roland, deux infirmières de la Croix-Rouge qui s'occupent de nous – notre seul contact avec l'extérieur –, se chargent de les transmettre, le plus souvent en cachette. Maman en profite pour demander à mon oncle de nouveaux vêtements pour moi. J'en ai cruellement besoin. Déjà dans une lettre écrite à Drancy, Maman se plaignait : « La robe de Francine ressemble à un tutu de danseuse » – tellement j'avais grandi. Je reçois un pantalon de ski, en laine épaisse et chaude, que je porterai jusqu'au bout, été comme hiver. Maman me coupe les cheveux, à cause des poux et de l'impétigo. Je les porterai courts, à la garçonne, jusqu'à la Libération. Tous les bons souvenirs du camp que je possède, Mademoiselle Roland les a sortis de sous sa grande cape bleue. Quand les femmes de la baraque ont fêté les trente-sept ans de Maman, elle a apporté une plante, toujours sous sa cape. Mademoiselle Roland était un ange pour nous, et je garde en moi le souvenir de son regard tendre et dévoué.

Cette chaîne de générosité ne s'arrêta pas aux frontières du camp. Le maire de Beaune-la-Rolande – un homme remarquable – décida de prêter le piano de la mairie aux internés. Quatre hommes allèrent le chercher et revinrent plus tard avec le précieux instrument. On n'imagine pas ce qu'a été ce piano pour nous. Les mots manquent aux émotions. Mais on n'oublie pas la joie de sentir son corps vibrer au son d'une mélodie. Surtout pour moi, qui ai grandi dans la musique, les chansons et les rires, Maman au clavier, Papa l'accompagnant à la mandoline. Grâce au cadeau de la mairie, je retrouve un peu ma vie d'avant, un fragment d'insouciance et de légèreté. Un soir, Maman, qui comme tous les pianistes connaît de nombreux morceaux par cœur, se met au clavier. Les doigts d'abord un peu gourds, depuis tant de semaines qu'elle ne joue plus, puis la souplesse revient. Ça y est, ses mains courent le long des touches, les sons s'élèvent dans la baraque, l'air vibre, nous sourions. Le temps qu'on nous inflige n'est plus celui que nous vivons. Désormais, il arrive que le camp ne soit plus un camp, mais un lieu de fête où les internés chantent. Nous montons même de petits spectacles.

Je suis « heureuse », enfin, comme on peut l'être dans un camp. Beaune-la-Rolande reste une plaine sinistre d'où partent des trains chargés de prisonniers et d'enfants juifs. À l'époque, nous ne savons pas qu'avant nous, c'était là, dans ce camp entouré de champs de pommiers, que tant d'enfants ont été séparés de leur mère, à coups de crosse de fusil. Il y a bien des saletés et du sang sur de vieux draps que Maman, son amie Madelon et d'autres internées doivent laver à l'eau froide. Les bas troués, leurs robes sales, les mains engourdies, elles frottent, sans réaliser que tout ce sang est celui d'enfants raflés et arrachés à leur famille. J'ai connu d'autres enfants quand j'étais à Beaune-la-Rolande. Ceux qui, cachés dans les fermes des environs, ont été dénoncés et amenés au camp par des gendarmes. Je me souviens de l'un d'eux, menotté comme un criminel ; il est si jeune et aux poignets si fins que les menottes tiennent mal et glissent. Je m'en occupe à leur arrivée, je tente de les distraire. Mais il y a tant de détresse sur le visage de ces enfants : ils sont seuls, sans leurs parents, perdus et apeurés. Je mesure la chance que j'ai d'avoir toujours Maman à mes côtés.

Quand on se plonge dans l'histoire de la Seconde Guerre mondiale et de la Shoah, l'idée même qu'on ait pu chanter là-bas, dans les camps, semble incongrue, un peu folle. Où trouver la force, sinon l'envie, de chanter quand l'horizon est si sombre et l'avenir incertain ? Pourtant, j'ai chanté. Une petite fille de neuf ans a chanté dans les camps. Parce que l'art est le meilleur antidote au malheur, et la voix le plus vieil instrument de musique à disposition des hommes. Je n'étais pas la seule. Bien sûr, on n'imagine pas chanter à Auschwitz. Mais dans les camps de France, c'était possible. Déjà dans la prison de La Rochefoucauld, peuplée de captifs arrêtés à la ligne de démarcation, nous chantions. Nous étions mélangés, Juifs et non-Juifs. Alors, pourquoi ne pas chanter en attendant que la porte ne s'ouvre ? Nous ne savions pas encore qu'elle ne s'ouvrirait plus jamais pour nous, les Juifs. À la prison d'Angoulême, alors que dans la cour nous faisions une toilette rapide, on entendait, venant du quartier des hommes, des chants de Résistance. Il nous arrivait de les reprendre en chœur. Nous ne savions pas que ces voix étaient celles de jeunes Résistants torturés, en attente du peloton d'exécution. À Poitiers, je n'ai pas le souvenir d'avoir chanté. Au camp de Drancy, en 1942, je ne chantais sûrement pas, effrayée que j'étais à l'idée d'être emmenée avec tous ces enfants malmenés, affamés, frappés. Des enfants seuls, portant sur le visage toute la misère du monde. Ils ne pleuraient plus. Leurs épreuves avaient tari leurs larmes. Ce monde inhumain les rendait indifférents à leur avenir, si tant est qu'ils connaissaient ce mot. À Pithiviers, ce fut l'affolement… mais à Beaune-la-Rolande, que j'ai chanté ! Tous les genres, tous les styles. Ces chansons sont entrées dans ma tête, pour n'en plus ressortir, bien que, depuis cette époque, je ne les chante plus. Il y avait cette chanson de Maurice Chevalier que je fredonnais avec Maman : « *Dans la vie faut pas s'en faire, moi je ne m'en fais pas…* » Je reprenais des airs d'opérette à la mode, les grands succès de la chanteuse Marguerite Solal, et ce chant très connu, qui n'était certainement pas de mon âge mais que j'adorais : *« Auprès de ma blonde, qu'il fait bon, fait bon, fait bon/ Auprès de ma blonde, qu'il fait bon dormir/ Dans le jardin d'mon père, les lauriers sont fleuris (bis)/ La caille, la tourterelle viennent y faire leur nid. »* Un soir de fête à la baraque, pleine de culot, je me mis à danser la bourrée auvergnate, dans une interprétation toute personnelle qui amusa beaucoup ma mère et les autres femmes. Sans oublier cette première tentative d'écriture quand, reprenant un air à la mode dans les cours d'école de l'époque, je composai une chanson qui disait ma réalité, celle d'une enfant internée :

Dans ce département, il y a donc un camp
Il y a donc un camp
Un camp de pauvres Juifs, tous plus morts que vifs
Tous plus morts que vifs, ah ah ah

Ohé, dans le camp de Beaune-la-Rolande
Ohé, dans le camp des pauvres Juifs errants
Tra la la la la, tra la la la la la

Tous les jours à midi on siffle la soupe
On siffle la soupe
Tous les hommes y courent
Sans trompettes ni tambours (bis)
Ah ah ah

Tous les soirs à cinq heures l'appel est annoncé
L'appel est annoncé
Des gendarmes bien armés
Viennent pour nous compter (bis)
Ah ah ah

Dans un coin de ce camp, il y a des cabinets
Il y a des cabinets

Quand on va dans ce coin,
Ça sent rud'ment mauvais
Ça sent rud'ment mauvais
Ah ah ah

Ohé, dans le camp, etc.

Cette chanson, je l'ai écrite sur un morceau de papier jaunâtre – un papier de guerre. Ce petit bout de papier aurait pu être perdu, mais Maman le confia à un passeur qui le fit sortir du camp et le remit à ma grand-mère. Aujourd'hui, il repose au mémorial de la Shoah, auprès de mon trèfle à quatre feuilles. Ces quelques vers m'ont permis de clore une discussion avec une ancienne de Beaune, qui soutenait que dans ce camp il n'y avait pas d'appel. Il y a toujours eu un appel. Partout. Le camp de Beaune-la-Rolande ferma en juillet 1943, peu de temps après notre second transfert à Drancy. J'y suis restée presque un an, mon plus long séjour dans un même lieu depuis mon arrestation à La Rochefoucauld. Le temps d'une année scolaire en somme, au cours de laquelle je n'ai rien appris, ni l'histoire ni la géographie ni le français, encore moins les mathématiques, une année qui pour moi passa aussi vite qu'un trait maladroit tracé à la hâte sur une feuille blanche.

Le Drancy que nous retrouvons n'est plus celui que nous avons laissé un an plus tôt. J'ai presque dix ans. Les gendarmes français sont partis, ils gardent l'extérieur. À l'intérieur règne un monstre : le commandant SS Alois Brunner, dur, sec, implacable. Sa silhouette menaçante, ses yeux froids, sa voix monocorde, impossible de les oublier. La grande cour est propre désormais, le mâchefer et la poussière ont disparu, elle a été bétonnée par les internés. Reste une courette dérobée où je vais jouer avec les autres enfants, nous y fabriquons des objets en terre : des cœurs, des billes, des formes issues de notre imagination. Les cachots sont toujours occupés, les déportations se succèdent, bien organisées. Il règne un ordre parfait, un ordre de SS. Nous découvrons une « vie culturelle » dans ce nouveau Drancy, car Brunner pense à calmer les esprits, autant de ce côté-ci des barbelés, qu'au-delà. Il faut soigner l'image de camp modèle. Faire taire les détracteurs du Reich. Entretenir le mensonge. Voyez comme les Juifs sont bien traités. Dans mon souvenir, on sollicite même des enfants pour mettre en spectacle une soirée organisée en « hommage » à ceux qui partent… De la propagande à l'état pur, dans ce qu'elle a de plus infâme. Nous avons aussi un rabbin qui nous enseigne l'hébreu et les Écritures. Je me souviens encore du début de la prière qu'il nous faisait réciter, *baroukh ato Ado-naï Elo-hénou mélèkh haolam achère kidéchanou bémitsvotav vétsivanou…* bien que j'ignore toujours sa signification. C'est pourtant dans le camp modèle de Brunner que, nuit et jour, des camions bâchés livreront leur « cargaison » : des familles entières, des vieillards tirés des asiles – parfois sur des civières –, des enfants raflés dans les orphelinats, des jeunes mères avec leur bébé. Tous fouillés à leur arrivée, dépossédés de leurs pauvres trésors – montres, livres de prière, alliances, photos personnelles –, puis, plus tard, quand viendra leur tour, entassés dans les « escaliers de départ ». C'est là, d'ailleurs, que je rencontre mon premier cadavre. Il pend au bout d'une corde. Nous avons beaucoup tremblé à Drancy, cela nous préparait à la suite, mais nous ne le savions pas. J'ai gardé peu de souvenirs des dix longs mois que nous avons passés là-bas. Seule m'est restée, comme le négatif d'une photo jaunissante, l'empreinte de la peur.

Je suis revenue à Drancy, longtemps après. La guerre était déjà loin derrière nous. Je peux même dire que j'y retourne souvent, en pèlerinage, ou avec des écoliers. Où est passé mon camp ? Les arbres poussent au milieu de la cour, dans un joli square ; des bébés s'amusent et rient, là où tant de bébés criaient. Quelques enfants jouent au ballon. Je ne peux pas rentrer dans les immeubles, une porte les condamne, avec un digicode. Le petit passage qui menait à cette cour minuscule où nous jouions est entravé par une grille. Les poubelles sont pleines. Mais je sais toujours où se trouve la porte qui conduit aux cachots.

2.

Loin à l'Est, Bergen-Belsen

Quand nous quittons Drancy, le 2 mai 1944, j'ai dix ans, et nous savons que cette fois nous partons pour de bon. En déportation. Loin de chez nous, des nôtres et de la France. Notre tour est venu. La Convention de Genève nous offre certes de petits droits : nous pouvons emporter quelques affaires personnelles, de la nourriture et un peu d'argent, dans des paquetages que nous gardons serrés contre nous. Nous rejoignons en camion la gare de l'Est. Il n'y a que des femmes et des enfants. Des soldats armés nous surveillent. Je redoute plus que tout un nouveau voyage dans un wagon à bestiaux. C'est finalement dans un train de voyageurs qu'on nous entasse. En troisième classe. Ça y est, le train part. Nous laissons Paris. Les paysages défilent. La campagne, les champs de mai où les céréales poussent, les arbres qui se couvrent de fleurs, les herbes hautes et vertes. Peu à peu, le pays change. Dans les gares où le convoi passe, les panneaux de direction ne parlent plus français. Les gens non plus. Je suis en Allemagne. Nous traversons Cologne, ravagée par les bombardements alliés. Des immeubles éventrés, des routes crevées par des cratères. Des carcasses de voitures calcinées. C'est un champ de ruines. Lentement, le convoi sillonne l'Allemagne, où des petits villages paisibles laissent place à des zones industrielles. À Hanovre, on nous débarque alors que la gare est bombardée. Nous changeons de train dans la cohue. Les canons de la défense antiaérienne déchirent les nuages, la guerre gronde dans le ciel. J'ai peur, je reste près de Maman. Quelques heures plus tard, notre convoi s'arrête, nous sommes au milieu de nulle part, en rase campagne. Une simple rampe borde la voie ferrée, non loin d'une bâtisse qui fait office de gare. Tout autour de nous, une végétation éparse et des soldats qui hurlent des ordres incompréhensibles. On nous pousse vers des camions. Pour gagner la forêt. Derrière les sapins, à l'abri des regards, se trouve notre destination finale : Bergen-Belsen.

Pour la petite fille que je suis, le *Lager* de Bergen-Belsen semble immense comparé aux camps que j'ai connus en France. Presque un village, cerné par des miradors. Plus d'une centaine de baraques faites de planches sont réparties de part et d'autre de la *Lagerstrasse*, la grande allée terreuse qui traverse le camp. De chaque côté de la chaussée, de hautes clôtures de fil de fer. Derrière les clôtures, les baraques sont regroupées en enclos isolés par des barbelés et des grillages. Et au-delà des barbelés, il y a des gens qui attendent. Des gens qui regardent. Ce que je lis dans leurs yeux est indescriptible. Quelque chose qui se situe au-delà de la vie et de la mort, qui ne s'écrit dans aucune langue. Est-ce donc cela qui m'attend ? Aurai-je bientôt le même regard ? On nous conduit à notre enclos, le camp de l'Étoile, ainsi nommé car nous devons tous porter l'étoile de David cousue sur nos vêtements. À Bergen-Belsen, chaque sous-camp possède son propre régime. Le nôtre regroupe les Juifs considérés comme des « otages », des pièces à échanger. Organiser le camp principal en sous-camps avec, pour chacun d'entre eux, des règles et des « privilèges » spécifiques : une technique concentrationnaire pour mieux diviser les internés, les monter les uns contre les autres, selon leur groupe – les Juifs, les déportés politiques, les criminels –, afin qu'ils s'entre-déchirent, dans une compétition pour la survie.

Au camp de l'Étoile, nous sommes de toutes les nationalités, française, italienne, grecque, yougoslave, hollandaise. Mettre ensemble des personnes qui ne se comprennent pas, ne parlent pas la même langue, n'ont pas les mêmes codes de vie renforce notre impression d'isolement. Plus que jamais, je me sens perdue, égarée. La baraque qu'on nous assigne est profonde, mal éclairée, plusieurs travées et des dizaines de châlits occupent l'espace : il n'y a que des femmes et des enfants, et pas suffisamment de place. Je dormirai avec Maman, sur un châlit si étroit qu'il faut se mettre sur le côté pour tenir à deux, les pieds posés sur notre sac. J'ai de la chance, je ne suis pas seule.

La déshumanisation est une conséquence directe de l'idéologie nazie. Le grand « aryen » était considéré comme l'élite du monde, le seigneur d'une race élue, le symbole du peuple allemand et son incarnation biologique. Tout ce qui est exclu de ce modèle est une sous-humanité. Pour nous, les Juifs, c'est encore pire, nous sommes des « bouches inutiles ». Mais on n'est pas sous-homme par décret. Si l'on veut réellement que le sous-homme obéisse à son maître, comme un animal le ferait, il faut le déshumaniser. En éliminant d'abord ceux qui ne sont pas récupérables. Les autres, dans les camps, par mille et une humiliations, par mille et une souffrances, devront comprendre leur nouvel état de sous-hommes, de presque bêtes. C'est ce que j'ai connu. L'opération consiste en une série de tourments. La première est le « voyage » en wagon à bestiaux, et non en wagon de marchandises comme on l'a dit souvent. Puis le processus se poursuit au camp, dès que les portes se referment sur le déporté.

Il y a d'abord, en arrivant, la douche de désinfection. Des heures durant à attendre que l'eau coule, nus devant des soldats hilares. Et lorsqu'elle coule enfin, bouillante, on hurle, on fuit, mais le bâton a vite fait de nous remettre sous le jet brûlant, et à ce moment, l'eau devient glacée. Cruauté pure. Le déporté perd son identité, il n'a plus de nom. Tout juste un matricule. Il est appelé par ce numéro, écrit sur sa poitrine. Il est un *stück*, un morceau, une pièce. Le chef dit en parlant de lui : le *stück* numéro tant. En tant que « privilégiées » sous la protection de la Convention de Genève, Maman et moi échappons à la suite : le déporté n'a plus ni cheveux ni poils. Il est rasé avec une grande brutalité, les cheveux tondus à l'aide de lames émoussées. Mon amie Charlotte, âgée de dix-sept ans, aura le pubis rasé par un homme, alors qu'elle avait ses règles. Le déporté porte des vêtements spéciaux. Sorte de pyjama pour les hommes, robes informes pour les femmes. Rayés de bleu et de gris. À la fin, il n'y en aura plus assez dans aucun camp, alors on distribuera les vêtements des morts, sans s'occuper de la taille. La grande robe pour la petite, ou le contraire. Le déporté n'a pas de souliers. Il porte des claquettes qui ne tiennent pas aux pieds, ou des sabots qui blessent la peau, sans chaussettes.

À Bergen-Belsen, on nous donne des bas de bottes d'uniforme allemand, très grands, trop grands, je les perdrai souvent en marchant. Le déporté est sale, crasseux. Un robinet pour cinquante, pour cent, parfois deux cents personnes. On se bouscule pour trois gouttes d'eau. Pas de brosse à dents bien sûr, ni de savon, de serviette ou de papier toilette. Le déporté reçoit des coups, pour tout, tout le temps. Il se déplace en troupeau. Le déporté vit dans l'incessante promiscuité et le brouhaha permanent du camp. Jamais un moment de solitude ou de répit. Pas même aux latrines. La nuit, il dort, quand il peut, dans une niche qu'il partage avec les autres. Les châlits à trois étages superposés, dans lesquels on ne peut pas s'asseoir, forment sa niche. Un peu de paille souillée, une couverture pour deux ou cinq. Le déporté n'est plus un humain. Le camp est l'enclos où la machine nazie le transforme en *stück*. Si notre statut particulier d'« otages » nous épargne, à Maman et à moi, certaines de ces humiliations, nous n'échappons pas à l'anéantissement.

Comment oublier l'odeur de Bergen-Belsen ? Le camp se dresse sur une plaine nue et humide, balayée par des vents froids et durs. La terre y est sombre. Il y a longtemps que plus rien n'y pousse, même les oiseaux ont déserté le ciel. Tout ici n'est que vermine, pestilence et corruption, une enclave où flotte l'odeur de la viande avariée. De la chair qui pourrit au soleil. Par vagues écœurantes qui se répandent parfois à plusieurs kilomètres. Jusque dans les petites maisons fleuries des villages environnants. À Bergen, la mort est visible partout. Le déporté s'allonge sur la terre noire et ne se relève plus. Son corps se décompose jusqu'à ce que la charrette passe et l'emporte au crématorium. Les effluves de cadavres, impossible de ne pas les sentir. Pourtant, nous finissons par les oublier. L'odorat ne fonctionne plus mais la peau, elle, aspire l'odeur. Un déporté, ça ne se lave pas. La chair du déporté pue la mort. Même à son retour, même après plusieurs lavages, le survivant sent encore l'odeur du camp. C'est dans cet enfer que je suis jetée en mai 1944. Pourtant, je le rappelle, je fais partie des « privilégiées », certains tourments me seront épargnés. La majorité des gens arrêtés passaient deux ou trois jours dans les camps de France, puis partaient vers l'Allemagne. Immédiatement noyés dans l'atrocité. Je me suis « promenée » de prison en prison, de camp en camp, de mes huit ans à mes dix ans. Deux ans, c'est long. Je suis tombée progressivement dans l'horreur. Cela aussi, c'est presque un privilège. Les deux ans de persécution en France, avant l'arrestation, m'ont permis, en un sens, de m'habituer au mal. Mais la peur, elle, ne m'a pas quittée.

L'été de notre arrivée tombe comme une masse de plomb brûlant sur Bergen. Rien ne protège notre peau contre les rayons du soleil. Dans les baraques on étouffe, c'est irrespirable, la chaleur accroît la puanteur ambiante. De grosses mouches verdâtres ont fait leur apparition. Nous les appelons « mouches allemandes ». Elles sont à l'image du camp qui les attire, répugnantes. Je m'épuise à les chasser de la main. Au camp de l'Étoile, les jours finissent par tous se ressembler. Nous perdons la notion du temps. Il n'y a plus ni montre, ni calendrier, pas même le tintement lointain d'un clocher pour nous rappeler l'heure qu'il est. La seule mesure que nous connaissons est celle imposée par le kapo. La journée du déporté est immuable. Réveil vers quatre ou cinq heures du matin. On passe en vitesse par le *Waschraum,* le réduit à l'arrière de la baraque qui sert de « salle d'eau » – l'eau coule à peine, un mince filet, froid et trouble, sort des robinets. Ensuite habillage et « petit déjeuner ». Un jus à base de glands. C'est tiède, alors je trouve ça bon. Puis l'appel, en rang cinq par cinq. Pour ceux qui doivent aller travailler dans les kommandos, départ au pas. Ils y passeront la journée, avec une pause à midi. Un quart d'heure pour la soupe. Un bouillon de rutabagas, betteraves fourragères, trognons de choux. Quelquefois des cubes de viande, minuscules. Les légumes, mal lavés, crissent sous la dent. Les plus chanceux possèdent leur propre écuelle ou une gamelle. Pour les autres, la soupe, versée dans une cuvette, passe de bouche en bouche. Retour au camp. De nouveau l'appel. Puis le « dîner » : un peu de pain. Durant les premiers mois, je me souviens, on avait droit à une tranche de saucisson ou un petit morceau de margarine. Le pain : une tranche de deux centimètres pour deux jours, puis pour une semaine, puis plus rien du tout. Rarement, une « soupe au pain » dont on ne prend que la moitié. L'autre moitié gardée pour plus tard. La nuit, courte, mauvaise. Certains se disputent, d'autres se battent, ou pleurent comme des bébés. On se lève pour se soulager, ou bien on fait dans la paillasse. Le lendemain, tout recommence.

Pour nous les enfants, c'est encore différent. Rien n'est prévu. Ça n'existe pas les enfants dans les camps. Au début, à Bergen, le kapo nous ordonne de creuser des trous au fond desquels nous devons enfouir des pierres. Sans nous donner d'explication. Peut-être qu'il s'amuse ? Qu'il veut nous occuper ? Ou tout simplement nous suggérer que nous, les enfants du camp, nous sommes comme ces pierres, des morceaux de matière, anonymes et sans valeur, qui finiront sous terre ? Nos mains sont poussiéreuses et nos ongles incrustés de saleté. La journée, quand les adultes sont aux kommandos, nous sommes livrés à nous-mêmes, alors on s'occupe comme on peut. J'ai des amis parmi les enfants du camp de l'Étoile : Colette, Maurice et Paulette. Nous rions, faisons des blagues, nous baptisons notre kapo « Rote Müller », parce qu'il a la face rouge ; ou alors nous errons entre les baraques, à la recherche d'une hypothétique nourriture. Déjà la faim nous tenaille mais ce n'est rien en comparaison de celle que nous connaîtrons dans les dernières semaines, avant la libération du camp.

Un enfant joue, peu importe où il se trouve. Dans la cour de l'école, en France, quand je ne jouais pas à la marelle, nous faisions des rondes avec mes camarades. Il y avait un jeu que j'aimais particulièrement : on se plaçait l'une derrière l'autre, de manière à créer un tunnel de bras et de jambes puis on chantait « *Passe, passera, la dernière la dernière, passe passera, la dernière y restera, qu'est-ce qu'elle a donc fait la p'tite hirondelle, elle nous a volé trois petits sacs de blé, nous l'attraperons la p'tite hirondelle et nous lui donnerons…* » Et pour achever la comptine, on arrêtait l'une d'entre nous et elle recevait un petit baiser.

À Bergen, pas de baiser. Nous jouons avec ce que nous trouvons : des débris d'objets qui traînent entre les baraques. Parfois, nous allons observer ce qui se passe aux latrines. De longues planches de bois avec des trous, alignées au milieu d'une baraque et des femmes assises, par dizaines, en train de se vider, les jupes retroussées, les pieds dans la boue brune. La dysenterie les tenait. La dysenterie nous tenait tous.

Puis Maman a été élue chef de baraque. Elle reste la journée au camp et nous surveille – surtout qu'on ne se blesse pas en jouant car les « bobos » sont notre hantise. Une menace permanente. Les conditions sanitaires sont si déplorables qu'une simple blessure, une piqûre de pou, la plus petite égratignure se transforment en abcès. Il ne faut surtout pas se gratter, et pourtant, ça démange. Si l'abcès devient purulent, on peut aller au « Revier », la baraque réservée aux malades, à l'autre bout du camp. Un lieu de misère, si sale que l'on peut difficilement le qualifier d'infirmerie. Les médicaments sont presque inexistants, les instruments chirurgicaux dignes d'un attirail de boucherie.

Au Revier, le docteur Allalouf soigne les abcès au couteau, pour les crever et les vider. On hurle. Évidemment, il n'a pas d'alcool pour désinfecter. Tout se « guérit » avec une pommade verdâtre livrée en motte et étalée à la main sur les plaies. Comme il n'y a pas de pansement, les plaies sont bandées avec du papier crépon. Dix minutes plus tard, le crépon a fondu… Un jour, Maman m'emmène au Revier. Je me tords de douleur, le ventre en feu, elle soupçonne une crise d'appendicite. Quand le docteur Allalouf lui montre, dépité, les instruments dont il dispose pour me soigner, Maman répond : « Eh bien, elle gardera son appendice ! » Le docteur Allalouf faisait ce qu'il pouvait avec presque rien. À Bergen, les « bobos » sont les empreintes de la mort. Quand on regarde les cadavres, on voit qu'ils ont tous des blessures. Je me souviens des jambes de Maman, couvertes de trous, certains si profonds qu'on voyait l'os, tout blanc. Que j'avais peur de la perdre ! Elle n'est pas morte. Simplement, elle a toujours dû cacher ses jambes.

J'ai été une esclave. J'éprouve un malaise quand j'y repense, une part de moi se refuse à l'accepter. Pourtant, j'ai été une esclave puisque j'appartenais à un maître. Le camp de concentration est un monde à part, qui transforme et mutile en profondeur, pas seulement à cause des horreurs qui s'y produisent, mais parce qu'une fois de l'autre côté des barbelés, vous étiez déjà mort. À Bergen, les nazis pouvaient faire de nous ce qu'ils voulaient, nos bourreaux n'avaient de compte à rendre à personne. Tout ce qu'ils faisaient était « bien », jamais un SS n'a été puni ou rétrogradé parce qu'il aurait été trop violent avec un déporté. On leur appartenait tout entier, comme un objet appartient à celui qui a payé pour l'obtenir. Avec cette particularité que, pour la première fois dans l'Histoire, nous étions des esclaves qui ne valaient rien. Sous la Rome antique, le vaincu devenait esclave, son vainqueur pouvait le vendre, un autre l'acheter. Le prix variait suivant l'âge, le sexe, la beauté, l'habileté, les connaissances. On les exposait sur des marchés. Les acheteurs négociaient comme on peut le faire pour du bétail. Les femmes se retrouvaient souvent dans des harems. Dans la Russie tsariste, les serfs faisaient partie de la propriété foncière, au même titre qu'un champ de pommes de terre ou un meuble. Mais nous autres, Juifs dans les camps nazis, nous ne valions rien. Nos maîtres ne nous vendaient pas, ils nous offraient. Pour tout. Comme force de travail mais aussi comme objet de consommation. Tout pouvait servir : la graisse pour le savon, les cheveux pour les couvertures, la vessie pour des abat-jour. Nous n'étions rien. Une enveloppe de peau sur des os tremblants. Les nazis ont inventé une forme unique d'asservissement. Pendant un an, j'ai été une enfant-esclave à Bergen. Parce que j'étais née juive. Voilà pourquoi nous étions si misérables à Bergen. Aux yeux de la loi nazie, nous n'étions plus des êtres humains, mais des lambeaux de vie dépouillés de tous leurs droits. Des vies nues, sans défense, réduites à leur fonction la plus élémentaire : travailler ou mourir. Entre nous et l'appareil génocidaire du Reich, il n'y avait aucun rempart. Nous n'avions le choix de rien, pas même d'obéir ou de désobéir. La loi nazie niait non seulement notre liberté, notre volonté, mais aussi et surtout : notre existence.

Certains soirs, quand tous les feux sont éteints, j'entends les adultes s'échanger des recettes de cuisine ou évoquer les repas d'avant. Trouver de la nourriture est la principale préoccupation d'un déporté. La souffrance de la faim. La douleur d'un système digestif qui travaille dans le vide. De l'estomac qui creuse et déchire le ventre. La faim obsède, c'est l'idée fixe, persistante. Les maigres rations qu'on nous donne nous permettent tout juste de tenir. Et la nuit, pendant le sommeil, les mâchoires qui se serrent ou les dents qui mastiquent. On peut se battre pour une épluchure. Toujours être à l'affût, protéger le peu de nourriture qu'on possède ; un autre, à côté de soi, qui surveille la gamelle, espérant qu'elle vous glissera des mains, qu'il pourra la prendre.

Un jour, mon ami Maurice – nous avions le même âge, à peine onze ans, mais il était déjà déterminé – sort de la baraque, et traîne. Nous traînions tous, à la recherche de quelque chose à manger, même au camp de l'Étoile où le régime était pourtant moins dur que dans les autres sous-camps. S'il y avait eu de l'herbe, nous l'aurions mangée. Mais il n'y en avait pas. Ça peut se manger, l'herbe. Maurice voit passer le kapo. Le kapo mange. Le kapo mange un morceau de fromage, un gros morceau. Maurice ne pense qu'à la manière dont le kapo tient le fromage, il va laisser la croûte. Maurice le suit, à distance, tout doucement, pour ne pas se faire remarquer. En effet, le kapo mange le fromage et jette la croûte. Maurice attend un peu. Il sait, il connaît, il a tout compris. Il attend que le kapo s'éloigne. Comme un chat avec une souris, sans faire de bruit, il attrape la croûte. Ce jour-là, Maurice a mangé.

À Bergen, la saleté et la pourriture s'installent partout. Une décharge à ciel ouvert. Dans tous les recoins du camp poussent des monticules innommables. Mélange de débris, de papiers souillés, de vêtements en lambeaux, d'objets brisés et plus tard de cadavres rongés par la vermine. On trouve de tout dans ces monticules. Un jour, Maman voit un morceau de bois dépasser de l'un d'eux. Elle s'en saisit et tire. Un effort intense pour son corps affaibli par les privations. Après un moment de lutte, elle réussit à l'arracher : c'est une chaise. Sans dossier, sans siège, mais il reste l'armature. L'ombre d'une chaise en somme, comme nous. Je vois le visage de Maman s'éclairer : « Rapportons-la, Francine, elle pourra toujours servir. » En effet, elle a servi. De retour à la baraque, Maman a pris une planche de châlit et l'a posée dessus. Le soir même, toutes les femmes du camp de l'Étoile étaient au courant. Chacune leur tour, elles sont venues s'asseoir sur la chaise. Il fallait voir la joie qu'il y avait dans leurs yeux. C'était formidable de s'asseoir. Un miracle. Quand on est dans un monde où l'on ne s'assoit jamais – soit on se couche, soit on se lève pour l'appel –, notre chaise incarnait un fragment de la vie d'avant. Un petit moment de bonheur et d'humanité retrouvé. Après, de temps à autre, il arrivait qu'une femme vienne à notre baraque et demande : « Ah ! Marcelle, vous pouvez me prêter votre chaise, j'ai quelque chose à coudre et je voudrais coudre assise. » J'ai encore dans mon esprit l'image d'une jeune femme à la chevelure blonde en train de coudre sur la chaise de Maman. Elle se voyait comme une reine sur un trône. Nous avions trouvé un trésor. Les trésors dans un camp, ce peut être aussi un bout de ficelle, une aiguille, un fil, un petit chiffon. La ficelle sert de ceinture, une aiguille et un fil permettent de réparer un trou. Quelquefois, il s'agit d'un bout de barbelé déplié. Le chiffon, lui, a deux utilités : d'abord, on peut en tirer doucement, doucement, en évitant de les craquer, quelques fils pour ravauder le vêtement. Ensuite, ce chiffon, il sert… aux toilettes. Nous n'avons pas de papier. Le petit chiffon, s'il y a de l'eau, on peut le laver entre deux passages aux latrines – ce que j'essayais de faire – sinon rien.

Comme nous sommes privilégiées, au camp de l'Étoile, nous possédons des trésors inestimables. Essentiellement des choses qui se mangent, reçues dans les colis auxquels nous avions droit à Drancy. Nous étions parties sans connaître encore la valeur de ces trésors. Deux ou trois poignées de riz, quelques biscuits, trois ou quatre morceaux de sucre, et surtout des cigarettes, la monnaie principale du camp. Une cigarette s'échange contre n'importe quoi. Maman, elle, possède deux petits morceaux de chocolat, de la taille d'un doigt. Elle m'avait prévenue : « Tu vois Francine, ce chocolat, il est pour toi. Mais on le garde pour le jour où je te verrai complètement à terre, à bout de forces. Alors je te donnerai ce chocolat, il t'aidera peut-être à remonter. » Parmi nous il y a Madame Salamon, dont le mari médecin est prisonnier avec mon père. Elle est arrivée enceinte à Bergen. Les autorités ne le savent pas ; on aurait pu la forcer à avorter. On ne voyait rien à son arrivée, tellement elle était maigre. Mais le bébé a poussé ; un soir, il demande à sortir. Madame Salamon va au Revier. Maman qui, en tant que chef de baraque, possède un *Ausweis*, un permis de sortir le soir, me demande :

— Francine, comment te sens-tu ?

— Bien, maman. Pourquoi ?

— Notre amie va accoucher. Elle est maigre et faible. Si tu es d'accord, nous pourrions lui donner notre chocolat, ce chocolat qui est pour toi.

— Ça ne fait rien, Maman, tu peux lui donner.

Maman part au Revier sans moi. La jeune mère mange le chocolat et accouche. Le chocolat remplace le morceau de sucre que l'on avale pour recevoir un « coup de fouet ». Le bébé, une fille qu'on prénomme Yvonne, ne pèse guère plus d'un kilo et demi. Un petit être si maigre, mais qui veut vivre. Madame Salamon, épuisée, n'a pas de lait. Dans tous les camps, certains déportés sont réquisitionnés pour nettoyer les bureaux des SS et leur cuisine. Nous demandons à l'une d'elles d'aller voler du lait en poudre dans la cuisine des SS. Il faut payer bien sûr. Tout se paie dans un camp, parce que tout peut mener aux coups et à la mort. On paie avec ce que l'on a, un peu de soupe, un peu de pain. Au bout de quelque temps, la déportée comprend qu'elle risque d'être prise et punie. Elle cesse de voler. Que faire ? Madame Salamon trouve un moyen : elle mâchonne, mâchonne, mâchonne des morceaux de rutabaga, jusqu'à faire avec sa salive une sorte de bouillie, qu'elle glisse dans la bouche du bébé. Le bébé enveloppé de chiffons, bien serré sur sa poitrine, la robe par-dessus, notre camarade peut même aller à l'appel. On ne voit rien, elle est si maigre… Cela dura six mois, jusqu'à la Libération. Jamais l'enfant n'a crié ni même geint.

Libérées, on a défait tous ces chiffons sales, et là… le bébé a crié ! C'était sa naissance.

Bien des années plus tard, j'étais mariée, mère de famille, peut-être déjà grand-mère, quand ma fille, au détour d'une conversation, me demanda : « Maman, à notre époque, dès qu'il y a un événement grave, attentat, prise d'otage, crash d'avion, on envoie des psychologues. Et vous, à votre retour, rien ? – À notre retour, lui répondis-je, personne n'y a pensé, ça n'était pas entré dans les mœurs. Psychologue ? je ne connaissais même pas ce mot. Quand bien même, pas sûr qu'il y en aurait eu assez pour tous les rescapés. » Mais cette idée m'est restée dans la tête, persistante, elle ne me lâchait pas, au point qu'un jour j'ai organisé une conférence sur le thème : s'il y avait eu des psychologues pour prendre en charge les survivants à leur retour, auraient-ils mieux supporté ce qu'ils avaient vécu ? Avec un peu de publicité, nous avons eu du monde : anciens déportés, voisins qui avaient vu l'affiche, personnes intéressées par le sujet. Bien sûr des psychologues, des psychiatres et des psychothérapeutes.

Avant de commencer, une dame que je n'avais jamais vue s'est levée et a demandé la parole : « Je viens spécialement de Marseille. Je suis psychiatre. J'ai quelque chose à vous donner, Francine. » Elle s'est approchée, ses yeux brillaient, elle a mis la main dans sa poche pour en sortir un morceau de chocolat qu'elle m'a tendu. Sa voix vibrait d'émotion quand elle m'a dit : « Je suis le bébé. » L'enfant de Bergen-Belsen, c'était elle. C'était moi. Nous étions deux enfants des camps.

Un camp n'est jamais silencieux, jamais. Un camp, ça grouille, d'enfants, de femmes, d'hommes et de gardiens ; nous étions si nombreux. Souvent on m'a demandé si on entendait quelque chose là-bas, dans cette vie de terreur. Oui, une terreur bruyante, incroyablement bruyante. Le SS qui vomit sa haine et ne sait parler qu'en hurlant, en faisant claquer son fouet. Le kapo qui déverse sa hargne et remplace les mots par des grognements. Le déporté qui hurle sa douleur et ne se tait qu'une fois couché, la bouche dans la terre. Le chien dont l'aboiement est un cri, dont l'aboiement paralyse, dont l'aboiement glace. Parce qu'on sait qu'il mord. Ce chien dressé que le SS caresse. Les bruits eux-mêmes deviennent cris. Le crissement des roues de la charrette qui transporte les morts. Le rouleau-compresseur qui écrase la terre gelée. Le claquement des milliers de sabots qui font résonner, sonner même, cette terre si dure et noire où rien ne pousse. Le feu dont les étincelles crépitent, sans repos, au sortir de la cheminée du four crématoire. Le « ploc » du déporté qui tombe mort, le « srri » de sa gamelle qui tombe, avec le « clac » du sabot qui se casse alors, butant contre un caillou. Le « han » des déportés s'entrechoquant pour être le plus rapide à voler la gamelle. Manger, crier, hurler qu'on a faim. Tout est cri. Le déporté n'est plus un être humain. Le déporté est un esclave. Et comme tout esclave, il ne parle plus sa langue. L'*Untermensch* doit parler la langue du maître. Au début, Maman demanda à une femme de la baraque de m'enseigner l'allemand. Question de survie. Comprendre la langue de nos gardiens pourrait me sauver la vie. J'ai appris, surtout par la force des choses, car un ordre doit être exécuté, et sans attendre – le bâton s'abat pour moins que ça –, l'allemand de Bergen-Belsen… Un allemand de violence, qui se résume en quelques mots. Les mêmes qu'emploie un maître pour dresser son chien. Aujourd'hui encore, ces mots me hantent. Il n'y a pas si longtemps, c'était un 1er janvier, j'écoutais, confortablement assise dans mon salon, le concert viennois de la Nouvelle Année. On joua *Unter Donner und Blitz*, la polka de Richard Strauss. Cher Strauss, ta jolie polka me rappela le camp, puisque tu l'avais nommée « *Schnell* ». Pour moi, *Schnell* signifie gourdin. Cela veut dire : « Sortez de la baraque, *Schnell !* Mettez-vous en rang, *Schnell !* Mettez-vous au garde-à-vous, *Schnell !* Allez chercher la soupe, *Schnell !* » Nous n'allions jamais assez vite pour nos gardiens. Je vois écrit, au cours d'un voyage en Allemagne, « VERBOTEN » sur une pancarte devant un magnifique jardin en fleurs. Mais pour moi, il a un tout autre sens : « S'asseoir, *Verboten*, parler, *Verboten*, rire, *Verboten.* » Tout n'est qu'interdiction dans un camp. Interdiction de vivre.

Au *Lager* de Bergen, la fin, c'est la mort. Ou plutôt c'est l'abdication des fonctions vitales, les organes qui se détraquent, l'esprit qui renonce, le corps qui lâche et crève dans un dernier effort. Immense et désespéré. Mais avant la mort, on sera humilié, avili, déchu de notre humanité. Pour se divertir, un SS peut forcer un déporté à aboyer ou à grogner, comme un chien. Si d'autres, épuisés, renversent la marmite de soupe, le SS s'en amusera, les encouragera à se jeter par terre, à laper au sol le liquide renversé. Les malheureux s'exécutent, ils n'ont pas le choix, ils savent que la soupe ne sera pas remplacée. L'humiliation est monnaie courante dans un camp, elle fait partie de la machine. Nos gardiens en usent et abusent. *Humiliation* : je me rappelle la dysenterie et l'absence de papier toilette, la diarrhée qui coule et l'impossibilité de se laver. *Humiliation* : les latrines, ces planches à trous souillées, recouvertes d'excréments, où il faut tout de même s'asseoir. *Humiliation* : celui qui, couché, ne peut se retenir, n'a plus la force de quitter le châlit, et du troisième étage se libère sur celui qui est dessous. *Humiliation* : au kommando, celui qui demande à sortir et s'écroule en pleurant, en se vidant parce que c'est refusé : *Verboten !* À ce moment-là, on le bastonne pour le punir. *Humiliation* : se chercher les poux, comme des singes, se gratter tout le temps, jusqu'au sang. Je me revois, cherchant mes poux et les faisant claquer entre les ongles de mes pouces. Maman m'aidait dans cette tâche, presque un rituel, tous les jours on inspectait nos crânes sous les lampes si pâles de la baraque. J'ai l'impression d'être un animal, mais c'est indispensable. Une simple piqûre peut s'infecter, devenir un abcès purulent, et vous conduire au Revier chez le docteur Allalouf.

Au camp de l'Étoile, il s'est passé des choses dont je ne me suis pas rendu compte – j'étais trop jeune –, que j'ai apprises trente ans plus tard, et qui me désolent encore aujourd'hui. Notre groupe était composé de femmes et d'enfants de prisonniers de guerre. Seule une petite partie était française, de langue, de culture et d'éducation. Les autres, surtout des femmes d'origine polonaise, avaient été naturalisées pendant l'entre-deux-guerres. À Bergen, elles parlaient un français avec un fort accent et, entre elles, c'était le yiddish. Une langue que nous ignorions. Des tensions ont pu naître de ce décalage culturel, peut-être un sentiment de gêne teinté de honte et de ressentiment. Trente années après la fin de la guerre, à l'occasion d'une commémoration, ces mêmes camarades me dirent, sur un ton de reproche : « Oh ! Vous les grands Français, vous restiez entre vous ! » Les « grands Français », l'expression m'est restée... J'ai du mal à croire que cette différence ait pu creuser un tel écart entre nous. Mais qu'elles aient pu le penser me rend triste. Seules notre langue maternelle et notre éducation nous rendaient « différentes », nous étions enfermées dans le même enclos, traversant les mêmes souffrances, subissant les mêmes humiliations. Même au camp, au cœur de l'enfer, il semble que les rivalités entre classes sociales perdurent.

Le froid, je l'ai connu avant les camps. L'hiver si rude de 1939-40 fut un combat de tous les jours. À Paris, Maman cassait la glace sur l'évier avec un marteau pour laisser l'eau s'écouler. Cet hiver-là, j'attrapai la rougeole. Pour aérer la chambre, Maman rabattait la couverture sur ma tête. Elle ajoutait un édredon et je restais cinq minutes ainsi, tapie au fond de mon lit. On mettait chaque soir ses vêtements dans le lit, de façon à les tiédir un peu pour le matin. Les élèves des écoles se regroupaient dans d'autres établissements, de manière à n'en chauffer qu'un sur deux. J'allais donc la moitié du temps à l'école de la rue Ampère. La semaine suivante tout le monde se retrouvait dans mon école, rue Jouffroy.

Mais le froid à Bergen-Belsen, c'est une autre dimension de la souffrance. L'hiver de cette fin d'année 1944 est glacial, le thermomètre tombe à - 15° C, - 20° C, - 25° C. Nous sommes comme nues dans nos habits élimés et troués, j'ai l'impression que des centaines d'aiguilles me perforent la peau. Quand le vent se lève, c'est encore pire. Le blizzard gronde et cogne contre la baraque. Les planches qui nous servent de murs ne sont d'aucun secours. Le bois gémit, le froid s'infiltre, je grelotte. La nuit, je me blottis contre Maman, essayant tant bien que mal de capter un peu de chaleur. J'ai froid, si froid. Plus question de s'extasier devant la blancheur de la neige, on la redoute autant que la pluie et le gel. Ces jours-là, le ventre creux, le vêtement léger, le corps se paralyse, le cerveau aussi. On se déplace au ralenti, avec une démarche d'automate, la tête courbée sous les coups, chaque mouvement est un supplice. Les « *Schnell* » retentissent mais rien n'y fait, les jambes n'obéissent plus. L'appel ne change pas. Au garde-à-vous, sans bouger. Deux heures au minimum, plus souvent trois ou quatre, sans parler des appels de représailles qui peuvent durer toute la journée. Comment avons-nous tenu ? Comment ai-je tenu ? Et Paulette qui dut passer l'appel pieds nus dans la neige alors qu'elle tremblait de fièvre ? On avait interdiction de toucher ceux qui tombaient. Un jour, Maman, prise d'un vertige, s'effondra dans la neige glacée du matin. J'étais horrifiée. Je dus attendre la fin de l'appel pour pouvoir m'approcher d'elle. Maman trouva la force de se relever. La plupart des déportés, lorsqu'ils égrènent leurs souvenirs, sont plus marqués par le froid que par la faim. En souvenir, nous sommes restés frileux, très frileux.

C'est à partir de l'hiver 1944-45 qu'un nouveau maître règne sur le camp. Le *LagerKommandant* Joseph Kramer, débarqué du camp d'Auschwitz pour diriger le nôtre. On le surnomme « la bête de Belsen ». Sous son règne, les conditions se dégradent encore. Kramer, avec sa haute carrure et son visage de brute. Il me fait peur, ses yeux nous détestent, tout en lui transpire la haine. Je ne l'ai aperçu qu'en de rares occasions, mais sa silhouette me hante encore. Je me rappelle : Kramer, sur sa moto, roulant à pleine vitesse sur la *Lagerstrasse*, le grondement du moteur, Kramer fonçant sur un groupe de déportés, et les malheureux, épuisés, qui cherchent à esquiver l'engin. Les cris, la panique, des hommes qui tombent dans la boue. La bête de Belsen s'en moque, nous sommes des *stück*.

Chaque jour, de nouveaux convois de déportés échouent au camp. Ça ne finit jamais, un flot intarissable. Des hommes, des femmes, par grappes entières rejoignent les enclos le long de la *Lagerstrasse*. Certains semblent en bonne santé, d'autres ont déjà basculé de l'autre côté, ils ont les yeux vides, des yeux de déportés. Les vêtements troués qu'ils portent ne me trompent pas. Je sais que sous le tissu léger, un corps trop maigre tremble. Je me revois à mon arrivée, égarée et apeurée, c'était il y a plusieurs mois, je ne sais plus, déjà.

Au camp de l'Étoile, les déportés arrivent de Buchenwald, Mauthausen, Auschwitz ou d'autres camps de l'Est, évacués dans l'urgence devant l'avancée des Soviétiques. J'entends parfois des mots teintés d'espoir comme « libération », « camarades soviétiques » se murmurer le soir, dans les conversations. Mais rien de plus qu'un rêve fragile, auquel on n'ose pas s'accrocher, de peur qu'il ne s'enfuie. L'espoir peut vous empoisonner l'âme en vous détournant de l'essentiel : garder ses forces. Se tenir. Se serrer. Rester en vie.

Avec l'afflux massif de nouveaux déportés, Bergen étouffe, les baraques débordent et nous sombrons dans l'horreur. L'eau se fait de plus en plus rare, les rations quotidiennes sont réduites à rien. Des peaux de malheur, des peaux exsangues, des peaux de chagrin, c'est ce que nous sommes devenues. Certains jours, nous ne recevons tout simplement rien à manger. J'ai si faim, je souffre, mon estomac se déchire et je m'emporte contre Maman : « Pourquoi Maman, pourquoi ? » Elle essaye tant bien que mal de me réconforter, mais que peut-elle faire ? Elle est impuissante. Nous le sommes toutes et tous, par milliers. Notre détresse est totale. La faim fait perdre la raison, la faim peut conduire un homme à commettre l'innommable. Un jour que je sors déambuler entre les baraques pour tromper l'ennui et la faim qui me brûle le ventre, je m'approche des barbelés qui marquent la frontière de notre enclos. Un peu plus loin, dans le sous-camp d'en face, je distingue un homme, très maigre, accroupi près d'un autre, allongé et immobile. Je panique et m'enfuis à toutes jambes. Je ne veux pas en voir davantage. J'ai compris.

Comme si le froid et la faim ne suffisaient pas, un nouvel ennemi fait son apparition, plus meurtrier encore : le typhus. Apporté par les malheureux qui ont rejoint notre *Lager*. Les poux, la promiscuité et la saleté se chargent de répandre la maladie. C'est une hécatombe. Le camp de l'Étoile n'est pas épargné. Je vois les ravages de la maladie sur l'une des femmes : la fièvre qui brûle, la fièvre qui rend fou, les yeux qui se voilent, le corps pris de vertiges, le ventre gonflé par les diarrhées. L'odeur de la maladie et de la mort est partout. Contre le froid, la faim, la soif et maintenant le typhus, nos corps n'ont plus assez de forces. Je sens les miennes baisser, malgré les soins que me procure Maman. Je commence à penser que je vais finir moi aussi par m'écrouler, ne plus jamais me relever, la bouche remplie de la terre brune de Bergen. Le camp tout entier s'est transformé en mouroir. Dans le *Waschraum* des baraques – où l'eau ne coule plus – on entasse les corps de ceux qui sont morts pendant la nuit, en attendant que la charrette passe pour les emporter. Dehors, les cadavres reposent à même le sol, presque toujours nus, les vivants ayant dérobé les habits qui peuvent encore servir. Des corps raides, osseux, figés dans des postures à peine humaines, grotesques. Personne pour les veiller. Tous ces hommes, ces femmes sont morts dans le désespoir et la solitude la plus totale. Ils sont si nombreux qu'il faut les enjamber, ne serait-ce que pour aller aux latrines. Il y a longtemps que l'unique four crématoire du camp ne suffit plus à brûler tous les morts. Je n'éprouve plus rien, je ne pense plus, j'ai fini par m'habituer. La journée, avec Paulette et Maurice, nous l'occupons à compter les corps entassés comme des bûches. Il nous arrive même de jouer près d'eux : l'un après l'autre, nous les enjambons, et celui ou celle qui les touche a perdu. C'est devenu mon univers, mon jardin d'enfants. Une terre pourrie qui ravage toute forme de vie, où les cadavres poussent à la place des fleurs et des arbres.

J'ai gardé de cette époque un rapport paradoxal à la mort. Aujourd'hui il m'est impossible de regarder un film policier où des gens meurent, à plus forte raison un film d'horreur. Le sang qui coule, les blessures horribles, les membres arrachés, les têtes fracassées m'horrifient. Je ferme toujours les yeux. Un gros plan, il y a peu, sur une tête reconstituée d'un mort de Pompéi, m'a fait me détourner. Ces visions me poursuivent le soir, avant de m'endormir. Des cris, des bruits insolites, des apparitions, des nuits d'épouvante, des corps de noyés, d'assassinés, même dans leur lit, des morts dans leur cercueil, des chuchotements, des rideaux qui s'entrouvrent, des fenêtres qui claquent, le vent qui souffle, des silhouettes derrière des arbres, une main qui tient un lacet, un canon de revolver qui pointe, une lame pointue qui brille… insoutenable. Mais des photos ou des films des camps me laissent tranquille, détendue, intéressée. Un cadavre dénudé, des cadavres enchevêtrés, des crânes tondus, des yeux enfoncés, des bouches tordues, des morts, des morts partout, des morts entassés, jetés, entremêlés dans des charniers ne me troublent pas. Je peux regarder, regarder encore. C'est mon enfance.

Le printemps arrive. La lande est toujours aussi sinistre et putride, mais le climat se fait moins rude. J'ai oublié la beauté de cette saison ; la nature qui chante, les arbres qui verdissent, les fleurs qui s'ouvrent et se teintent de mille couleurs. Nous avons survécu à l'hiver. J'ai onze ans et demi, c'est une victoire. Malgré les cadavres, malgré la faim et le typhus, on sent que quelque chose est en train de se passer. Que le dénouement est proche. Nous sommes en avril 1945. Une tension inhabituelle traverse le camp de l'Étoile. La nuit, on entend des bombardiers passer au-dessus du camp, de plus en plus fréquemment : un ballet incessant, avec leurs moteurs qui font un bruit de tonnerre. Puis vient le bruit des canons crachant leurs obus, les explosions. Dans la baraque, tout tremble, les cloisons, le toit, les châlits. À chaque déflagration, je suis prise de terreur. Alors, pour me calmer, Maman me prend dans ses bras et me dit : « Ma chérie, c'est peut-être la liberté qui vient. » On apprendra plus tard qu'il s'agissait des canons anglais. Signe que la fin est sans doute proche, nos gardiens se montrent de plus en plus cruels. Il arrive qu'ils nous frappent sans raison. On se dit que c'est une dernière épreuve, que la libération va venir. Un jour, le kapo nous ordonne de nous préparer à partir. Il faut « évacuer ». Dans le petit paquetage auquel on a droit, un simple sac, Maman dépose tout ce qu'elle peut, c'est-à-dire pas grand-chose, de maigres denrées qu'elle a réussi à mettre de côté. Je me souviens d'une poignée de riz et des mots de Maman : « On va être évacuées, Francine, alors cette poignée de riz, on va la cuire. Au moins, tu auras quelque chose dans le ventre. »

L'attente qui précède l'« évacuation » est violente. On redoute le pire et on n'espère plus rien. Au camp de l'Étoile, ordres et contrordres se succèdent ainsi pendant quelques jours – on ne part plus, on part, et puis de nouveau on ne part plus, on repart. Enfin le kapo vient nous chercher, de nuit, pour nous conduire aux douches, ce sont les ordres. Une douche ? On a tout de suite pensé : une douche de nuit, ce n'est pas une vraie douche, on nous envoie à la mort. Sur le chemin, je serre très fort la main de Maman. Nous traversons le camp plongé dans l'obscurité. Personne ne parle mais chacun de nous se dit : « C'est la fin. »

Arrivées aux douches – une baraque insalubre et pleine de vermine –, on nous ordonne de nous déshabiller, puis on nous pousse à l'intérieur. Nous attendons, nues, sous les pommes rouillées, le temps s'étire, les secondes sont des heures, quand soudain, miracle, l'eau coule enfin… De retour à notre baraque, vivantes et propres, enfin propres à la manière d'un camp, car il n'y a pas de savon là-bas et la saleté ne s'efface jamais complètement, on essaye de comprendre pourquoi. Pourquoi la nuit ? Pourquoi une douche ? Qu'est-ce que cela signifie ? On n'a jamais su. Dans un camp, rien n'est logique. Ou plutôt rien n'est logique selon le sens commun. À moi, tout semblait absurde et effrayant.

Le lendemain, l'ordre tombe enfin. Le kapo nous crie : « Allez, on s'en va, des camions attendent pour vous conduire à la gare. » On prend nos paquetages et on quitte notre baraque. À l'autre bout du camp, il y a bien des camions mais pas en assez grand nombre pour tous nous transporter. Alors Maman m'attrape par la main et me dit : « Essaye de courir si tu peux, Francine, on va tenter de grimper dans un camion… » Avec les dernières forces qui me restent, je cours, mes jambes sont lourdes, mon souffle faible, mais on réussit à les atteindre et à se glisser à l'intérieur. Le camion démarre à peine que des cris retentissent. Des hommes d'un autre sous-camp s'étaient glissés parmi nous, espérant profiter de la cohue pour s'échapper. Les SS les désignent, douze hommes en tout. Ils les font descendre et, sous nos yeux, les abattent un par un. Le camion repart, laissant dans son sillage douze cadavres. Ma dernière image de Bergen-Belsen.

À la gare, un long train formé de tout et n'importe quoi nous attend. Accolés les uns aux autres : des wagons à bestiaux, des wagons-plateaux, de vieux wagons de voyageurs. Presque une épave, ce train. Dans la cohue, le hasard fait que maman et moi montons dans un wagon de voyageurs. Quand j'y pénètre, je remarque aussitôt les petits grains noirs sur les parois. Ça grouille. Ce sont des poux. Des rubans de poux qui courent le long des cloisons. Je veux faire demi-tour mais Maman me dit : « Assieds-toi là, il y a une petite place. » Je lui obéis et me recroqueville. Il y a plusieurs familles avec nous, de toutes les nationalités, les Françaises n'étaient pas les seules évacuées du jour. En face de nous, une famille de Hollandais, un homme, une femme et leur bébé. Le nourrisson a l'air anormal : ses yeux sont vitreux et il bave. La mère n'est pas dans un meilleur état, elle s'agite beaucoup, s'agrippe à ses habits, la fièvre la fait délirer. Avant le départ, les Allemands nous ont distribué à chacun un petit morceau de pain et deux boules de rutabaga. Un coup de sifflet retentit à l'extérieur, le train se met en branle. Vers quelle destination ? Pour combien de temps ? Seuls les SS qui nous conduisent le savent.

Nous avons quitté la gare depuis peu quand la femme hollandaise s'approche de nous et se déchaîne contre Maman. Elle la roue de coups, frappe comme une enragée, c'est épouvantable. Alors le mari, qui possède encore une ceinture, s'en saisit pour ligoter sa femme qui finit par se calmer. Nous n'échangeons aucun mot, mais je comprends à son regard qu'il est encore plus désespéré et effrayé que nous. Sa femme mourra quelques jours plus tard, emportée par le typhus. Son cadavre sera jeté par la fenêtre, de nuit, alors que le train roule. Comme on le faisait de tous nos morts, pour éviter la vermine et la maladie. Des corps sans vie semés le long du chemin de fer, comme les cailloux du Petit Poucet.

Nous sillonnons à l'aveugle l'Allemagne ravagée par la guerre, ballottées de gare en gare, revenant sur nos pas quand les voies ferrées, détruites par les obus, bloquent notre progression. On traverse de grandes plaines grises, des bosquets éventrés par la poudre et le feu, des villages sinistres et déserts ; parfois le train s'arrête sans raison au milieu d'un champ ou d'une forêt. Notre avancée est lente, interminable. J'ai depuis longtemps perdu la notion du temps, les jours passent, les nuits sont froides et courtes, il n'y a pas de lit bien sûr et l'eau s'infiltre par le toit ; le matin j'ai le corps endolori. Nous n'existons sur aucune carte, à bord d'un train en partance pour nulle part, un train perdu, sans destination. Un train errant. Un convoi fantôme. Souvent le fracas des obus me fait sursauter, la terre tremble, j'ai du mal à dormir. Dans les nuits sans nuage, l'éclat des explosions blanchit le ciel. La plupart du temps les bombes s'écrasent loin de nous, nous avons de la chance, sauf cette fois où des avions alliés nous prennent pour un transport militaire. J'entends le sifflement de l'obus suivi d'une énorme déflagration. Le sol s'élève, le train vacille, j'ai l'impression que l'univers va m'engloutir. Je m'agrippe à Maman. Après cet épisode, tout ce que le convoi possède de blanc – culottes, tissus, fichus, chiffons – est hissé sur les toits pour servir de drapeau, pour avertir les Alliés. Bien sûr, la nourriture vient très vite à manquer. Le morceau de pain et les deux boules de rutabaga ont été avalés depuis longtemps. Alors on prend ce qu'on trouve, ce qui nous tombe sous la main. Quand le train marque un arrêt, on sort en cachette cueillir des herbes et des orties qu'on fait cuire entre deux pierres, le plus souvent sous le wagon, pour protéger le foyer de la pluie. Pour étancher la soif, nous avons les flaques formées par la pluie, une eau brune, qui laisse un goût de glaise dans la gorge. Si par bonheur le convoi fait halte près d'un ruisseau, nous y courons. On se déshabille, on s'épouille, puis on boit l'eau claire à grandes gorgées. Voir un ruisseau est une forme d'ivresse.

Un jour, le train s'arrête au milieu d'un champ cultivé. Plusieurs femmes de notre wagon se réunissent : « Nos enfants ont trop faim, il faut qu'on descende à quelques-unes, si le SS ne bronche pas, on ira fouiller les environs pour voir si on trouve des légumes oubliés. » Maman fait partie de ces quelques femmes qui bravent l'autorité des SS. Je suis un peu effrayée à l'idée d'être séparée d'elle, mais elle m'assure qu'elle va revenir vite. Elle s'enfonce dans la campagne avec ses camarades et disparaît. J'attends son retour, pelotonnée dans mon coin. Le temps passe. Maman ne revient pas. Quand on siffle le départ, toujours aucun signe d'elle. Le train repart. Une angoisse indescriptible s'empare de moi. Un déchirement comme je n'en ai jamais connu. Ce n'est plus la faim qui me tord le ventre, mais une souffrance sans nom. Je la ressens dans tout mon être, mélange de stupeur, d'effroi, de panique. Je suis seule dans ce wagon de mourants et Maman n'est pas revenue, elle qui ne m'a jamais quittée pendant ces trois longues années, qui m'a toujours soutenue et réconfortée, même dans les moments les plus durs. Où est-elle ? Privée de sa présence je me sens abandonnée, dépossédée, presque morte. Je perds espoir, j'imagine déjà mon corps inerte balancé par la fenêtre du train, comme celui de la femme hollandaise. Alors je regarde les autres occupants du wagon et je pense : « Vous pouvez bien toutes et tous crever maintenant, je m'en fous, je n'ai pas ma Maman, je n'ai pas ma Maman… » J'essaie de me lever mais je glisse sur le sol trempé par la dysenterie. Je glisse dans la merde et je hurle : « Maman ! Maman ! »

Ce qui est arrivé, je l'ai su après. Maman, si faible, trébuche alors qu'elle revient vers le train. Elle tente de se relever, plusieurs fois, mais ses forces la quittent. Pas loin, deux SS contemplent la scène, s'amusent beaucoup de voir cette femme essayer en vain de se remettre debout. Heureusement, deux camarades la voient et l'aident à se relever. La tirant à bout de bras, elles la font monter dans le dernier wagon du convoi qui repart. Plusieurs heures s'écoulent, interminables, jusqu'à l'arrêt suivant : Maman peut enfin me rejoindre. Nos retrouvailles sont un miracle, un soulagement, une joie immense. Mais ces quelques heures d'attente furent sans aucun doute les plus éprouvantes de ma vie.

Le train reprend sa traversée fantôme, errant à travers le pays. À nouveau des journées sans fin, à guetter le bruit des bombes, à chercher de quoi survivre, à débusquer les poux, à jeter les morts. Puis un soir, le convoi s'arrête en lisière de la forêt. Cette nuit-là, pas de déflagrations ou de moteurs d'avions pour troubler notre sommeil. Seulement le bruissement de la vie nocturne. Étonnamment, nous dormons bien. À l'aube, rien n'a bougé. Le convoi stationne toujours au même endroit. C'est étrange. Des cavaliers approchent, ils portent des chemises kaki, un grand ceinturon et un bonnet de fourrure. C'est l'armée Rouge ! Un soldat russe s'avance et dit : « Vous êtes libres ! » Le message est traduit dans toutes les langues, repris comme un écho. Les wagons se vident. Nous sortons tous dans la lumière pâle du matin.

D'abord hagards, désorientés, incapables de prendre la mesure de ce qu'il se passe. Puis certains pleurent, d'autres s'enlacent, s'embrassent. De toutes leurs forces, comme pour s'assurer que tout est bien réel. Mais oui, le cauchemar est vraiment fini. Notre survie s'est pourtant jouée à rien, ruse du destin ou simple coup de dés. Tous les déportés à bord du convoi devaient mourir. Les nazis ne voulaient laisser aucune trace, pas de survivants. Un pont sur l'Elbe, en amont, avait été miné. C'était la destination de notre train, nous devions sauter en même temps que le pont. Condamnés à disparaître. Étrangement, nous avons survécu.

3.

La vie après

Qu'est-ce qu'un déporté, qu'est-ce qu'un survivant au moment du retour ? Un être plus tout à fait humain, pas encore animal. Parce que là où il est passé, le déporté n'a pu rester l'individu qu'il était, ni devenir le complet animal qu'on voulait faire de lui. Ce qu'il a vu, vécu, supporté, ressenti, est difficile à décrire. Je l'ai déjà dit, il faudrait inventer un vocabulaire inédit, forger des expressions qui n'ont pas d'équivalents chez les vivants. Aucun mot d'Homme n'arrive à réellement décrire ces situations ; le camp, c'est un autre continent de la souffrance. Contrainte de composer avec le langage dont j'ai hérité en partage à ma naissance – car on peut travailler les mots jusqu'à l'épuisement, jamais on ne pourra aller au-delà d'eux –, je me suis servie des mots courants, ceux de tous les jours, pour essayer d'approcher au plus près ce que fut mon enfance pendant la guerre.

Papa, quand il nous retrouva en Allemagne, dans le petit village de Tröbitz où les Russes nous avaient regroupés après notre libération, ne reconnut pas Maman. Elle avait attrapé le typhus, les Russes l'avaient placée en isolement dans leur hôpital de campagne, établi à l'extérieur du village. Je me souviens : Papa et moi, devant les baraquements réservés aux typhiques, en compagnie de l'infirmière qui nous explique les consignes à respecter. Je ne suis pas autorisée à aller plus loin, pour que je ne sois pas contaminée à mon tour. Papa, lui, peut rentrer, mais à peine a-t-il fait quelques pas dans la salle qu'il se retourne, désemparé, vers l'infirmière : « Vous avez dû vous tromper, c'est le dortoir des hommes ici… » Non, c'est bien le dortoir des femmes, mais elles n'ont plus de cheveux. Quand les nazis ne les tondaient pas, la nécessité sanitaire l'imposait : les morsures de poux sont redoutables. Une voisine de lit, en meilleur état, se lève et fait un turban à Maman avec sa serviette. Puis elle se tourne vers Papa et lui dit : « Votre femme est couchée là-bas. » Je suis à l'extérieur, devant la fenêtre. Papa traverse une première rangée de lits, s'approche de celui où la femme au turban repose. Il hésite, la personne qu'il a devant lui ne ressemble pas à celle qu'il a quittée six ans plus tôt. Moi je m'étais habituée, après ces longs mois à Bergen. Lui voit une créature décharnée au teint jaune, un squelette rongé par la maladie et la folie. Le typhus faisait délirer Maman. Quand les infirmiers étaient venus la chercher pour la conduire, sur une civière, à l'hôpital militaire, elle m'avait dit parmi un flot d'insultes et de paroles incohérentes : « Surtout dis bien à Papa comme je l'ai aimé », je pleurais tellement ! Puis Papa reconnaît enfin Maman, se penche vers elle et la prend dans ses bras, l'enlace très fort, si fort que le turban tombe… Je vois l'émotion qui trouble son visage, ses yeux voilés par les larmes. La force de son amour et le désarroi qui le submergent. La colère aussi. Quand on est ressortis de l'hôpital, sur le chemin du retour, on se tenait par la main, ma petite main dans la main de Papa, cette main ferme et chaleureuse que je n'avais pas tenue depuis six ans ; Papa répétait, le regard perdu : « Ils me l'ont tondue. Ah, ils me l'ont tondue… »

L'amour entre Papa et Maman, ce n'était pas de l'amour, mais de la passion, une passion qui a survécu à la guerre et aux camps. J'entends encore mon père me dire : « J'ai peut-être rencontré des femmes aussi bien que ta mère, c'est possible, mais mieux qu'elle, ça n'est jamais arrivé. » Et Rose-Marie, une amie de Maman à Bergen, d'ajouter : « Après les camps, quand j'ai vu ton père pour la première fois, j'ai vu un prince, ta mère nous en parlait toujours d'une telle manière là-bas que je m'attendais à voir un prince, et c'est bien ce que j'ai vu. » C'est cet amour immense qui m'a soutenue au retour et m'a permis de tenir. Tous n'ont pas eu cette chance. À notre retour en France, beaucoup parmi nous dérangeaient par leur présence. Il n'y avait pas que nos corps que l'on regardait avec stupéfaction, il y avait aussi nos mains et nos regards. Ces regards fixes, intenses, qui attirent et entraînent loin.

Nous avions vécu de l'autre côté de la mort, nous, nous le savions. Mais impossible à dire aux autres, l'époque n'était pas prête à nous entendre. Lorsque j'essaie de raconter, à l'âge de douze ans, à mes camarades de classe, ce que la guerre m'a fait, elles me regardent gentiment, mais tournent le bout de leur index sur leur tempe, l'air de dire : elle est folle. Sans me l'avouer, j'ai fini par avoir un peu honte d'avoir été déportée, alors je me suis tue. Tenter d'expliquer nous faisait passer pour des affabulateurs, des menteurs, des inventeurs d'histoires destinées à tromper la crédulité des bonnes gens. Gens de bonne foi qui avaient eu froid, faim, peur, dont les maisons bombardées montraient leurs entrailles, qui avaient perdu un père, un frère, fusillé, Résistant ou « simplement » otage, mais gens de bonne foi, qui souhaitaient revivre, sourire à cette liberté tant attendue, toute neuve, qui les faisait déborder d'allégresse.

Mon corps est la mémoire de ce que j'ai vécu. Les séquelles, les marques, les maux au retour. Qui n'en avait pas ? Qu'est-ce que j'avais ? Des sinusites à répétition, qui me donnaient de grosses douleurs dans les joues et le front. On les soignait à coups de pulvérisations, avec une poire en caoutchouc marron. Plusieurs fois par jour. Il fallait donc apporter la poire à l'école. Elle tenait mal dans mon cartable. J'allais me cacher aux toilettes pour appuyer sur cette maudite poire. Un jour, deux camarades m'ont vue… quel rire ! Heureusement, elles ont accepté de ne pas le dire à toute la classe. Mal aux jambes aussi. Si mal. Ces gros piliers pleins d'œdème qui me tenaient debout, j'en avais honte. Une époque où l'influence des films américains, avec leurs stars merveilleuses et leurs longues jambes, les avait mises à la mode. L'hiver, mes jambes bleuissaient, sans doute à cause des heures d'appel dans la neige. Le pantalon pour les filles, on n'y pensait même pas. Chaussettes jusqu'à quatorze-quinze ans avec le caoutchouc qui serre le mollet. Des bas, ensuite, si chers que nous les portions ravaudés, remmaillés par des femmes qui s'abîmaient les yeux à remonter les mailles avec des crochets minuscules. Quoi d'autre ? Mal aux dents. Des dents poussées au camp et grises. Notre dentiste me disait : « Tu ne devrais plus en avoir une seule. » À douze ans… Bien des survivants avaient des dents cassées, à cause des coups de poing ou de matraque. Quant à l'œil sec, me disait mon ophtalmologue qui soignait les déportés, tout le monde l'avait. Qu'est-ce que j'avais encore ? Le poignet droit faible et douloureux, sans doute une chute oubliée lors d'un transfert d'un camp vers un autre. Je suis droitière, alors je portais un bracelet de force, en cuir. Pas très charmant lorsqu'on a quinze ans, surtout l'été avec des manches courtes. Cette fragilité du poignet droit est restée, je me méfie des faux mouvements et des objets trop lourds. Je souffrais aussi de cystite. Dans le camp, cela me brûlait et, souvent, je ne pouvais pas boire de la journée, lorsque nos gardiens coupaient l'eau. Pour calmer les inflammations, à Bergen-Belsen, je trempais mes fesses dans les flaques de pluie. Au retour, à l'école, je n'osais pas sortir de la classe pour boire. Cela ne se faisait pas, on ignorait encore la petite bouteille d'eau minérale. Je rentrais à la maison à pied, marchant de travers, tant cela me démangeait et me brûlait. Je pourrais continuer l'inventaire des maux physiques. Mais en fin de compte, rien qui puisse vraiment m'empêcher de revivre, de vivre comme tout le monde. Ou presque.

Pour les blessures de l'esprit, c'est autre chose. Le camp s'est installé en nous, les survivants. Il est là, on reste au-dedans toute sa vie, on pense à lui chaque jour. Il suffit d'un bruit, d'une parole, d'un nom, d'une histoire, et on saute à pieds joints parmi les barbelés et les miradors. Se réveiller en sueur parce qu'on a vu le kapo lever son « *gummi* » – sa matraque. Crier parce qu'on trouve des cadavres dans son lit. Hoqueter parce qu'on avale un rutabaga pourri… Ça nous poursuit. Longtemps j'ai eu peur de la nuit quand je la sentais venir derrière le carreau de la fenêtre. Il me semblait entendre des cris. Des cris qui résonnaient dans ma tête. La panique me prenait. Vite, il fallait tirer les rideaux. Les cris s'évanouissaient enfin. Chaque jour c'était la même angoisse. Puis, dans les années 1990, on m'invita à Hanovre, en Allemagne, pour témoigner lors d'un colloque de femmes. Nous étions une dizaine à raconter notre histoire. L'une de nous était israélienne. Elle prit la parole :

— Quand je suis arrivée à Bergen-Belsen, on nous a mises dans une baraque et les SS sont entrés avec nous. Ils avaient des bâtons. Nous avions l'habitude des sélections à Auschwitz. Le médecin nous faisait mettre nues, et d'un geste il montrait le côté où aller. L'un des côtés menait à la chambre à gaz. Mais à Bergen, pas de chambre à gaz. La sélection – nous étions trop pour le nombre de baraques – se faisait par les coups. Ils tapaient. Celles qui tombaient étaient achevées.

— Vous deviez hurler, lui demandai-je.

— Oui, on criait comme des folles. Ça se passait la nuit…

Une idée a surgi dans ma tête. J'ai demandé un plan du camp. Vite, un plan. On nous l'a apporté et j'ai repris :

— Où était votre baraque ?

— Ici.

— La mienne est là, en face… Vous dites la nuit ?

J'étais bouleversée. D'un coup, j'ai compris. Durant tout ce temps, c'étaient ses cris, c'étaient leurs cris que j'entendais. Nous sommes tombées dans les bras l'une de l'autre, en sanglotant. Depuis, je ne les entends plus. C'est fini. Mais je déteste toujours regarder la nuit. Quand le soir tombe, je m'empresse de fermer les rideaux. Je garde ma peur, car j'imagine que l'on m'épie. À Hanovre, quand le colloque a pris fin, encore un peu troublée par toutes ces émotions, j'ai préféré déjeuner seule dans ma chambre d'hôtel. Je m'attendais à un simple plateau, ce fut une table ronde, juponnée, garnie de tout ce qu'on peut espérer de meilleur. C'était trop. J'éclatai en sanglots. Ils étaient là, tout près, mes morts, à quelques kilomètres, disloqués dans la terre. Ils avaient disparu le ventre vide, et moi, je devais manger. Je n'ai pas pu.

Je me rends désormais à Bergen tous les trois ou quatre ans. Les baraques, les miradors et les barbelés ont disparu depuis longtemps : les Anglais, à la Libération, passèrent le camp au lance-flammes pour éradiquer le typhus. Aujourd'hui, la vie est revenue. Des arbres poussent. L'herbe, tendre et verte, se couvre de fleurs au printemps. Les oiseaux chantent dans les feuillages. Sans le mémorial à l'entrée, on pourrait penser que c'est une clairière comme une autre. Je la parcours lentement. Je marche sur cette terre qui autrefois était noire. Je regarde. Je me souviens. Rien n'a disparu. Là où les charniers se remplissaient de cadavres, s'élèvent des monticules. Sur chacun d'eux, une plaque a été déposée : « ICI, 3 000 MORTS », « ICI, NOMBRE DE MORTS INCONNU ». Il y en a tant. Je ne pars jamais du camp sans poser ma main sur ces plaques. Je ne vous oublie pas, vous les morts qui reposez dans ces fosses. J'ai le sentiment que si je ne vous saluais pas, je vous ferais du mal. Je ne veux pas vous faire du mal. Vous avez déjà tant souffert. Au revoir, les morts.

Le monde concentrationnaire est une gangue de haine, un lieu de tourments et d'humiliations qui vous retire tout, jusqu'à votre humanité. C'est de là qu'il faut sortir. C'est difficile à comprendre. Recouvrer la liberté veut dire recouvrer la dimension humaine : il faut un jour, il faut une année, il faut une vie. À la Libération, beaucoup de déportés ne le pouvaient pas, ou mal. Depuis, la honte est passée. L'espoir a pris sa place et les mots sont revenus.

Les premières années de mes témoignages dans les écoles, au milieu des années 1990, quand la société fut enfin prête à nous entendre, nous les survivants, et que j'allais dans les lycées et les collèges raconter mon enfance, j'aimais terminer mes interventions par ce beau chant : « *Je vais par le monde, emportant ma joie.* » Je m'excusais parfois pour mes couacs. Il m'arrivait d'écrire les paroles sur de petits morceaux de papier, que je distribuais aux élèves. André Bellegarde, professeur d'Histoire à Tours, me fit venir pendant des années. Il adorait ce chant. Il entraînait les élèves, les autres professeurs, même les parents à le chanter. Un jour, il cria : Debout ! Et toutes voix mêlées ils l'entonnèrent en chœur, j'en eus les larmes aux yeux... Larmes de joie encore, comme au collège de La Quintinie, à Noisy-le-Roi, où les élèves me réservèrent une surprise unique. C'était un après-midi de beau temps, tous habillés de rouge et de blanc, ils s'étaient assis par terre, dessinant sur le sol gris de la cour un cœur incarnat et les cinq lettres de ce mot inoubliable : *merci*.

Des moments comme ceux-là prolongent la vie de dix ans. Depuis, je savoure chaque minute de vie.

4.

Se souvenir

Aujourd'hui, nous sommes les citoyens libres d'un pays libre. Mais nous ne nous en rendons plus compte, parce que nous nous sommes habitués à cette Liberté. Elle est devenue une seconde nature : on vit, respire, pense, discute, critique, joue, on s'aime même, grâce à elle et à travers elle. Ce n'est que lorsqu'on a perdu la liberté qu'on peut comprendre sa valeur.

Au sortir de la Seconde Guerre mondiale, l'Europe était agonisante. En moins d'un siècle, trois grandes guerres l'avaient ravagée : celle de mon arrière-grand-père (1870), celle de mon grand-père (1914-1918), celle de mon père et un peu la mienne (1939-1945). Après tant de souffrances, de morts et de haine, on désirait la Paix pour les générations futures. Un projet magnifique est né de cette volonté commune : l'Europe. Sous l'impulsion du général de Gaulle et du chancelier Adenauer, les deux nations autrefois ennemies décidèrent de s'entendre. Ce fut la première pierre de l'édifice. Le couple franco-allemand a été le socle fondateur de l'Europe que nous connaissons, la réunion de deux peuples que l'on croyait irréconciliables. L'Europe nous a donné la Paix et la Liberté, c'est un héritage qu'il faut préserver à tout prix.

À l'heure où je termine ce livre, un souvenir très ancien me revient en mémoire. Au camp de Beaune-la-Rolande, dans un paquet que les femmes de la Croix-Rouge avaient secrètement fait passer pour nous, nous avions reçu, ma mère et moi, les deux essais historiques écrits par mon père avant la guerre : *Bazaine innocent* et *La Terrifique Adventure de Doña Concepcíon*. Cela faisait déjà plus de deux ans que nous ne l'avions pas vu. Alors, tenir ses deux livres entre nos mains, c'était comme avoir mon père à nos côtés, sentir sa présence derrière chaque page, entendre sa voix derrière chaque mot. Nous les avons protégés ces deux livres, les cachant aux yeux de nos gardiens. Nous les avons conservés jusqu'à Bergen-Belsen. Ils furent les témoins muets de nos souffrances. Le jour de l'évacuation, Maman m'annonça qu'on ne pourrait pas les prendre, la place manquait dans notre petit sac. Je ne pus m'y résoudre, j'insistai. Maman céda, à condition que l'on arrachât les couvertures pour ne prendre qu'elles. Nous quittâmes le camp, laissant derrière nous les feuillets arrachés.

Pour ma part, je pensais avoir beaucoup raconté dans mes deux premiers livres, *Une petite fille privilégiée* et *Après les camps, la vie,* mais il semblerait que non, et qu'il faille toujours dire et redire ce que fut la Shoah, pour qu'on n'oublie pas.

Tant qu'il me restera un souffle de vie, je l'emploierai à dénoncer ce qui n'avait jamais existé avant et qui, encore maintenant, nous frappe d'horreur.

5.

C'est leur amour qui m'a sauvée

Je crois que, psychologiquement, mon père a plus souffert que nous. Quand il fut fait prisonnier, il pensa que c'était pour très peu de temps. À la rigueur quelques mois. Puis vint le transport vers l'Allemagne en wagon à bestiaux, avec toutes sortes d'humiliations. D'abord Nuremberg, un camp immense, plein de prisonniers de tous grades, de toutes armes. La Convention de Genève stipule que les hommes de troupe peuvent travailler, mais pas les officiers. Nouveau transport, pour ces derniers, vers Edelbach, en Autriche, le plus grand camp de prisonniers de guerre, dans une région qu'on nomme la Sibérie autrichienne. C'est tout dire. On les y envoyait pour cinq ans, à tourner en rond dans une sorte d'immense cage de barbelés. Je le répète, cinq ans dans une cage.

En juillet 1942, ma mère et moi sommes arrêtées. Mon père est prévenu. On lui dit également que s'il s'évade, sa femme et sa fille seront déportées vers l'Allemagne. Que d'angoisse… Le 4 mai 1943, nous sommes envoyées au camp de concentration de Bergen-Belsen, en Basse-Saxe, non loin de Hanovre. La Convention de Genève lui permettant d'envoyer des lettres, Papa nous écrit à Bergen-Belsen. Quand on connaît la suite, ce qu'il demande est presque naïf : « Dois-je vous envoyer des Marks ? La cantine est-elle bien fournie ? »

Puis il est envoyé au camp disciplinaire de Lübeck, Oflag 10 C, pour trois raisons. La première est qu'il est juif. Quelques-uns pourtant les ont défendus : « Il n'y a pas d'officiers juifs ici, Monsieur, il n'y a que des officiers français », disait le jeune officier Badoit aux gardiens. La deuxième est qu'il fait partie du groupe de résistance du camp – hélas dénoncé par des officiers collabos. La troisième, enfin, est qu'il écrit des chants séditieux qu'il va chanter dans les baraques. Ce nouveau transfert est humiliant, sans chaussures, sans bretelles, sans ceinturon. Lübeck est dur, très dur. Colis interdits, brimades, et toujours cette peur : si vous vous évadez, votre fille et votre femme étant en Allemagne, elles seront tuées. Par un officier polonais, il a appris comment on tuait les Juifs.

Quant à nous, au début, notre vie est « supportable ». Bien sûr, il y a les appels sans fin, les poux, la crasse, l'estomac qui réclame, mais nos deux ans passés dans les camps et les prisons de France nous ont aguerries. Après l'été torride et les mouches, vient l'hiver glacial et les poux. On commence à mourir de faim, de froid, de la dysenterie et surtout du typhus. Les cadavres restent là où ils sont. Bientôt, il y en a tant qu'on ne les voit plus. Pour aller aux latrines, il faut les enjamber comme des branches sur la route. C'est une invasion de cadavres. Je me souviens que cela ne me gênait pas. On les voit dès le matin puisque les morts de la nuit ont été entassés dans le *Waschraum*, on les voit le soir puisqu'ils encombrent le chemin du retour et l'entrée de la baraque. Les autorités nous font creuser d'immenses trous pour y jeter les corps. C'est un travail comme un autre.

Papa... Dans son camp aussi on mourait. Mais son arrivée à Bergen-Belsen, le 6 mai 1945, est un choc. Le mot est faible, mais je n'en ai pas d'autre. D'un coup, il arrive au pays des morts. Cette puanteur déjà perceptible à plusieurs kilomètres du camp l'enveloppe comme une gangue. Quel que soit l'endroit où il regarde, il voit des morts, et quels morts ! Nus et pourrissants. Les charniers l'épouvantent. Comme il ne nous trouve nulle part – nous avons été évacuées deux semaines plus tôt mais il l'ignore –, un soldat anglais lui conseille de regarder dans un charnier, là où viennent d'être jetés les derniers corps. Il marche sur les morts, les observe. Lui qui n'a jamais bu, lorsque le soldat anglais lui passe la bouteille de whisky, il avale l'alcool à grandes gorgées. Mais en remontant du charnier, il ne parle plus. Il faudra un long moment pour que la parole lui revienne.

Il rentre en France pour essayer de contacter un déporté de notre camp et lance des appels à la radio. Madame Avram, qu'il finit par rencontrer, lui dit qu'elle a fui la zone russe où elle se trouvait avec nous et, autre choc, que s'il nous retrouve, il n'y aura pas Maman. Elle sera morte. Je passe sur les démarches, les visites, les promesses. Enfin il part, avec son presque frère Pierre Lang, dont la femme et le fils sont avec nous, dans un vieil avion de toile. C'est tout ce qu'il y a. Ils y arrivent : les voilà devant le général soviétique Faminine qui déclare, nouveau choc, qu'il n'y a pas de Françaises dans son secteur. « Allez à Tröbitz puisque vous dites qu'elles y sont, mais je vous mets en état d'arrestation si je ne me suis pas trompé. » Après beaucoup de mésaventures, d'accidents – la Jeep se retourne –, Papa me retrouve. Nous allons à l'hôpital russe où se trouve Maman. Là autre choc, peut-être plus terrible encore, cette femme aimée dont il a rêvé est méconnaissable : je l'ai écrit.

Sa chérie, son amour, dont la pensée pendant cinq ans ne l'a pas quitté, pleure et parle, parle et pleure, sans fin. Il ramènera en France cette femme qui n'est plus une femme. Il la soutiendra jusqu'à ce qu'elle s'en sorte. Mais la cicatrice est là. Personne ne s'en est jamais occupé. Il était l'homme, le solide, le fort. Un fort si blessé... Cet homme si nerveux m'énervait. J'ai mis longtemps à comprendre. J'ai mis longtemps à accepter. Lorsque nous avons fêté leurs cinquante ans de mariage, j'étais si heureuse ! C'est leur amour qui m'a sauvée. Leur amour.

Cet ouvrage a été imprimé par
CPI Firmin-Didot au Mesnil-sur-l'Estrée
pour le compte des Éditions Grasset
en décembre 2020.

Mise en pages
PCA 44400 Rezé

PAPIER À BASE DE FIBRES CERTIFIÉES

Grasset s'engage pour l'environnement en réduisant l'empreinte carbone de ses livres. Celle de cet exemplaire est de :
350 g éq. CO_2
Rendez-vous sur www.grasset-durable.fr

N° d'édition : 21789 – N° d'impression : 160952
Dépôt légal : janvier 2021
Imprimé en France